さあ、新しいステージへ!
毎日、ふと思う　帆帆子の日記22

浅見帆帆子

幻冬舎文庫

まえがき

22年目の日記を手に取ってくださり、ありがとうございます。昨年は出版をお休みさせていただいたため、今作は２０２１年の夏から始まります。

２０２１年と言えば、まだコロナ禍(か)2年目。依然として閉塞感の漂う日常でした。制限のある中で、日々を淡々と楽しんでいたような気がします。

２０２３年春から11月までは、仕事自体を完全にお休みさせていただきました。全てのＳＮＳをシャットアウトし、「バージョンアップ期間」として、意識的に自分を整える期間を設けました。

その効果は凄(すさ)まじいものでした。余計な情報（エネルギー）に晒(さら)されなくなったことによって感性が鋭敏になり、周りの物事すべてが自分に必要なメッセージを伝えていることが以前よりわかるようになりました。

「これが好き、これは苦手」という心の声も、より明確にわかるようになりました。ブレなくなり、意思が明確になり、結果的に仕事再開以降、引き寄せる力が強まりました。

プライベートでは、この時期に息子の小学校受験を経験し、親として大きく成長せざるを得ない状況に追い込まれました。

世の中の情勢としても個人としても、動きの多い期間でした。

どんな人の人生でも、のぞいてみると意外と面白いのだと思います。

こんな人もいる、という人生のサンプルとしてお楽しみいただければ幸いです。

２０２４年初夏　浅見帆帆子

さぁ、新しいステージへ！

毎日、ふと思う　帆帆子の日記22

2021年　7月17日（土）

今日も暑い。世の中は東京オリンピックだ。新型コロナウイルス感染拡大のために無観客試合になったけど、個人的にはよかったと思う。行ったら行ったでコロナの感染が気になるし、それを理由に行かないのも、チケットがいくつか当選していたのに、という気持ちが残りそうだったので、これでスッキリ。

それにしても、今回の東京オリンピックにまつわる一連の「オリンピック裏事情問題」、悪しきコミュニティの長年の勘違いの悪行が、やっと表に出たという感じ。「その人（たち）はそれぞれに日本や社会に貢献している素晴らしい仕事もしてきた」と、まるで「だから仕方ない」かのように話す人もいるけど、「素晴らしいことをしてきたから、ある程度は許される」ということではない。もう、時代が違う。

7月18日（日）

今日も日差しがたっぷりなので、早朝からクラブのプールへ来ている。

今、我が家の息子、プリンス（4歳）はとても英語に興味があり、（このクラブは英語が公用語なので）さっきも朝食をオーダーするときに、「オレンジジュースくださいって、英語でなんて言うの？」と聞いてきた。周りのお客さんをじっと見て、

「あのおじさんはお腹が大きいって、英語でなんて言うの？」など。

プールではパパとべったりだ。今日は私も水に入る。

ガラスの天井に水が反射してユラユラしている。

ふと、中学からの同級生Uちゃんのことを思い出した。

「最近どうしてるかな……なんか、会いそうだな……会うな、これは……」

と意識がキューッと一点に集まったその瞬間、Uちゃんがプールに入ってきた。

驚いた。彼女もここのメンバーだけど、会うのは初めて。

彼女は学生のときから精神的にタフだった。そして、このボディ。常に鍛えているらしく、どこにも無駄がない。体の隅々まで筋肉が綺麗に……ここまで筋肉だと、こんなに小さなビキニでもいやらしくない、というものだ。ワンピース水着の私の方がいやらしい気が……。

プリンスの1歳下の女の子と子供用プールで遊びながら、最近の近況を聞く。パワフルな仕事と3人の子育て。相変わらずのマシンガントークとエネルギーを頼もしく思う。

それにしても、Uちゃんのことを思い出したあの感覚。「ああ、これは間違いなく会うな」という静かな確信。ああいうのが、予知なんだろう。Uちゃんも、今朝久しぶりにFacebookを見たら私の記事がドドーンと出てきたらしく、「それで思い出してたら、会えて超ビックリ」とか言っていた。


午後は車を1年点検に出して、待っている間に買い物をする。

近くの馴染みのお店で、夫とプリンスがお揃いのTシャツを買った。

車を受け取って家に帰り、夕食は、近くにできたイタリアンに行ってみることにした。テクテク歩いて、お店に着く頃にプリンスはぐっすり。お店のソファで寝かせてもらう。

バーニャカウダと野菜のフリット、ボロネーゼとカラスミのパスタを頼む。プリンスにブランケットも貸してもらい、お料理は美味しく、居心地がいい。

食べ終わってもプリンスはまだ熟睡しているので、ワインをもう1本頼んでおしゃべり。

7月19日（月）

7月になってから、私はとても流れがいい。「ステージが変わった」と言ってもいいくらい。原因は、「自分が本当に望んでいること」を認めたからだ。

20代から執筆活動をしてきてたくさんの本を書き、日々とても楽しく、執筆以外のやりたい仕事もどんどんやっていたけど、子供が生まれた3年ほど前から、なぜか「もう、これくらいでいいかな」というそこそこ感で満足していた（しようとしていた）。

仕事も未来の計画も、「今は目の前の子育てに集中」という名目でちょっと脇に置いておいただけのはずが、いつの間にか「もうこのままでいいかも」と消えそうに……。

それを、「いやいやそうじゃないでしょ」と思い出したのだ。私にとって仕事は生きることそのもので、精神的な世界の探究とその実験結果を自分の方法で見せていくこと、体現することは、生きている限り終わりはなかった。そこから派生する未来の計画や希望もたくさんある（あった）。それを思い出した。そしてそれを素直に認めたのだ。「あれを望んでいる！」と。

これを思い出したきっかけは、先月会った「ちょっと興味深い人」。

彼女は企業家で、自分の目的に向かってまっすぐ進んでいくそのわかりやすいエネルギーに、「私も望みを素直に認めよう」という気持ちにさせられたのだ。

今の私に必要なものを見せられた。実は、普段の私だったらこの人は「あまり得意ではないタイプの人」だった。その外見の趣味や好みが、ちょっと敬遠したくなる感じ。でもそういう人が、今の私に必要なことを見せてくれたというのが面白い。

正確に言うと、得意ではないけれど気になる、という存在だった。「気になる」というのは、そこに何か自分が引っかかるものがある、ということだ。敬遠していながらも求めているものがあったり、そこに現状突破の解決策があったりする。

ありがとう。

自分の気持ちに、いつも答えがある。

7月20日（火）

YouTuberのHonamiちゃんと、お互いのYouTubeで対談をする。

うちのオフィスで収録するので、Honamiちゃんがやってきた。

帆「あれ？　カメラマンさんとかいるのかと思ったら、ひとり？」

ほ「いえいえ、私、自分で撮りますから」

いいね、この感じ。カメラもシンプルな普通のもので、私も持っているようなカメラスタンドを使っている。

お互いの動画を撮影し、楽しくおしゃべりしてつつがなく終わる。今週の金曜に公開予定。

大きな仕事や組織が意外と少人数で運営されていることって、結構ある。少数精鋭で無駄がなく、すごくいい。

7月23日（金）

夏休みに入ったので、軽井沢の家へ。私たち家族とママさんと。プリンスは軽井沢の家を「森のおうち」と呼んでいる。

行きの車の中、プリンスはずーっとベートーヴェンの第九の指揮の真似をしていた。私が小林研一郎（コバケン）さんと親しいのでたまに聴いているからか、最近は車に乗るとだいたいこれ。第4楽章を3回ほど指揮したところで、静かになって、寝た。

夜、ママさんとプリンスは家でのんびり。私と夫は食事へ。

近くの落ち着いたイタリアンに昨日電話したら、2つしかないテラス席が空いていて、隣の人たちがキャンセルになったそうで貸し切りとなっていた。

夫「今日は今頃、みんなオリンピックの開会式を見てるんだと思うよ」

私「そっか（笑）」

「冷静にね、あなたから見て、私が未来にこういうことをするのってどう思う？」と夫に聞いてみた。

それに対して夫の言ったことがきっかけになり、私が今後やりたいと思っている端っこが見えてきた。夫の提案や意見に私が同意したり、ダメ出しをしたりしているうちに、自分で答えを導き出したという感じ。

途中から、私の口が未来の計画で止まらなくなり、「こんなにペラペラ話してるけど、これ、今思いついて初めて言ってるんだよ？」なんてことが何度かあった。

まだ漠然としているけど、だんだん煮詰まってくるだろう。

何をするにしても、私らしく進めようと思う。

いい夜。

7月24日（土）

今日も青空が広がっている。暑くなりそう。

夫はゴルフ。私とプリンスは幼稚園の友達親子と遊ぶ。

彼女（ママ）が何かの話で言っていた、「そういう人たちって、結局、自分の子供を信じていないんだと思う」という言葉が心に残った。

自分の子供を信じる。

途中、夫から「ホールインワンした！」というＬＩＮＥが来た。

「それって、パーティーとか開かなくちゃいけないあれじゃない？（笑）」

とママ友。そうね、名前入りの記念品を配ったりするような、ね。植樹とか。


夜は夫の友人たちのバーベキューへ。

焼いて運んでくれる人がいるスタイルだったので、楽。

お肉コーナーの隣にはアイスクリームのバーまである。

私が話し込んでいる間、プリンスも向こうの方で楽しんでいる様子。小学生の男の子と女の子の兄妹と一緒に花火をしたり、アイスクリームの列に並んだり、敷地内を散歩したりしているみたい。最近のプリンスは、自分が他の人と楽しんでいるときは「ママはあっちに行ってて」という時期なので、気になりつつも近寄らないようにする。

私も楽しかった。最近考えていたことについて、それを仕事にしている人の話も聞くことができたし。

途中、「あれ？ プリンスがいない、どこ行った？」というときがあったけど、他のファミリーと一緒に、地下の防音室の大画面で、「Queen」の映画『ボヘミアン・ラプソディ』を見ていた。真っ暗な中で、体にズンズン響く大音量のリズムに乗って体を揺らしている。私は大音量が苦手なので、「ママは出るね」と耳打ちしたら、「大丈夫、向こう行ってて」と言われた。

私はバーベキューの席に戻り、大人たちとまたゆっくり話すことができた。高価なワインがどんどん空いていった。

帰りは運転代行をお願いする。

「YouTube、大反響です」とHonamiちゃんからLINEが来ていた。よかった。

7月25日（日）

朝5時、雨が降っている。東京に用事がある夫は、友達の車で一緒に帰るらしい。

ちょうど起きてきたママさんと最近のことをゆっくり話す。夫と話した私の仕事のこと、昨日のバーベキューのこと、プリンスのこと。

夫と仕事の話をしているときにしみじみ思ったけど、あのときに私に浮かんだアイディアは、これまでのいろんな人の話ややり方が参考になって出てきたものだ。あの人のやり方、この人のスタイル、いろんなものがミックスされて私の好きな形になりつつある。

これを思うと、やはり人の意識には確実に引き寄せの法則が働いている。私が考えていた未来の仕事について、いろんな人が自分のやり方を今見せてくれている、という感じ。こんな風なつながりをするとは思わなかったし、無駄なことはひとつもないんだな、というこの世の仕組みについて、感動。

ママさんとの会話で整理され、未来の展望がピカッと見えた。

プリンスもまだ寝ているので、りんごバタージャムをたっぷりつけたトーストを2枚食べてから二度寝。

目が覚めたら10時。

この清々(すがすが)しさはどうだろう。サラーッと爽やかな風が入ってくる。

オリンピックだけど、昨日、サッカー女子は負けたらしい。

卓球のダブルスも、負けている……。私、こういう負けている試合は見たくない。

テニスも、劣勢のときは見ていられなくて消してしまうのだけど、ママさんが熱心に見ているので、一緒に見た。伊藤&水谷ペア。伊藤美誠選手の調子が悪そう。「あの子、点を取られたときに『なんてことないわ』みたいな顔をするのよー(あれがよくないわよね)」だとか「もうダメね、まぁ負けてもいい勉強になるわよ」なんて、ママさんは言いたい放題。

これはもうダメか……というところから7ポイントくらい連取して逆転、デュースを何度も繰り返して、勝った! 思わず叫んだ。水谷隼選手の力が光っていた。伊藤選手が涙ぐんでいるのを見てもらい泣きする。

それからまたウトウト、今日は休養の日。

7月26日(月)

プリンスの幼稚園の親子が2組、軽井沢に遊びに来たので、まずは近くの公園へ。夕食を「榮林」で食べてから、その親子の別荘へ行く。

プリンスはその家で、みんなと一緒にお風呂にも入れてもらい、興奮。

7月27日（火）

今日は、昨日遊んだ親子に何組か幼稚園の別の親子が合流して、別の人の別荘でバーベキュー。ジャグジープールに水を張ってもらい、今日もプリンスは興奮。

7月28日（水）

「僕はママの王子様ですから！」というのが、ここ数日のプリンスのお得意の言葉だ。
何かあるたびに、「僕はママの王子様だよ」と言いながら膝に乗ってくる。
「僕はママの桃太郎だよ」とか言うときもある。

え？
今なんて？

モモタロ

どういうこと？笑

8月にする予定だった私のパパの誕生日会について、今パパからLINEがあり、延期ということになった。コロナの患者がこれからも増えていくから、だって。そうか……。「まぁ、祝われる本人がそう言うなら仕方ないね」と私の弟と話したけど、ちょっと残念。弟の赤ちゃんも来る予定だったし、会いたかったな。

夏の軽井沢は、知り合いがいろんな集まりを開くので、なんだかんだと忙しい。今日も早くに起きて、プリンスが起きる前に、またママさんとゆっくり話す。思い返してみると、この十数年、ママさんと軽井沢に来るたびに実に様々なことを相談し、話しているうちに自分で答えがわかって結論を出してきた。独身のときは、とにかく恋愛の話が多かった。沈んでいたときも、多々ある。

それらの話に登場してきた私の知人の90%に、ママさんは直接会ったことがない。それなのに私が「〇〇さんだよ！　なんで忘れちゃうの？」とか言うと、「知らないわよ！　ママはあなたの話すほとんどの人に会ったことないのよ!?　頭の中の人間関係の図だけで話してるんだから、そんな言い方しないでちょうだい！」と言われた。たしかに……。

プリンスは今、「4歳の壁」と言われる反抗期のようだ。成長過程。頭の中で言いたいことに言葉がついていかず、うまく伝わらないイライラで自暴自棄になっている感じ。相手の反応が自分の見当違いだと「もういい！」と怒るか、ふてくされる。わかっていることを先に言われるのも嫌で、「わかってる!!」とすごい剣幕。

はじめのうちは、その言葉使いや態度をいちいち直そうとしていたけれど、そういう時期であることがわかってからは、大袈裟に反応しないようにした。無視ではなく、わかった上で放っておく戦法。だって、「もう！　なんて言ったらいいかわかんないんだよ!!」と自分で言いながら、自分の部屋に突進してベッドに突っ伏したりするんだもの……なんてかわいい。言いたいことがたくさんあるんだね、きっと。

「もういい！」というセリフ、1日に20回くらい聞いている。

夫からLINE。東京まで車で一緒だった友人が、コロナ陽性判定になったらしい。今の基準では夫は濃厚接触者にはならないそうだけど、車内に数時間一緒にいたなんて、充分濃厚接触者じゃないかな。

「キャア、ドキドキ、ついに……」とか言ったけど、多分かかっていないと思う。

かかっていなかった

7月29日（木）

今日から、清里にあるウーちゃんとチーちゃんの別荘へ、移動。

また8月半ばに軽井沢に来るので、掃除はパパッと済ませて9時に出発。

プリンスは、今日も朝から突っかかってきて笑える。車のカーナビにまでケンカを売っていた。「次を右折です」とか言うナビに、「わかってるっ！！！」とか言ってる。

別荘に着いて、すぐに流しそうめんの準備をする。ウーちゃんとチーちゃんが今年も完全にプリンスのためだけに用意してくれた流しそうめん。

竹とホースをセットして、一番上にチーちゃん、下の方に私とプリンス。ウーちゃんとママさんは写真係。麺が流れてくるだけで大興奮だ。それ以外にも、いろんなものが……チョコボールとか、グミとかトマトなど。トマトは転がりながら勢いがついて、竹の中で飛び跳ねていた。

「さ、もういいでしょ」と、すぐにバーベキューに切り替える。

お肉だけのバーベキューだ。

ウー&チーに会うのは1年ぶりくらいじゃないかな。最近のことをいろいろと話しながら、肉、肉、また肉、と食べ続ける。最近美味しいと思うのは、いい豚肉。

いい豚肉は牛肉より美味しい。

その間もプリンスは、ひとりで家の中に入り、何かに八つ当たりをしていた。たまに様子をのぞくと「見ないで！！！」と怒られる。あぁ、こういうところが私はまだプリンスに気を使っているから、もう完全に放っておこう。

「うちの息子もそういう時期、あった。動物園の猿山の前で突然、ここに住むっ‼と言い放ってそこから動いてくれず、ってことがあったわ……。家族は『平成の最低男』って呼んでた」

とか言うのを聞いてホッとする。やはり成長過程。

は〜、それにしてもこの家は落ち着く。気取っていないカジュアルな感じと、いたるところに食べ物が置かれている感じ。

テーブルに座ると、そこにあるお菓子や果物に自然と手が伸びる。

ここは食べ物天国。

夜は軽めに、桃の生ハムのせとチーズいろいろ。シャンパンと白ワイン。

明日はすき焼きだって。

7月30日（金）

朝、7時。プリンスが「ねぇ、そろそろ起きてもいいんじゃない？」とさっきから何度も言ってくるので、そーっと下に降りたら、チーちゃんはもう起きていて、ウーちゃんもソファでスマホをいじってる。

気楽で気まま。

犬のハナちゃんと散歩に行ってから、朝食。たっぷりのフルーツとぶどうパン。

それからちょっと仕事をして、午前中はゆっくり過ごす。

オリンピックは連日メダルラッシュだ。そんなに注目されていない人が金を取ったりしていて、盛り上がる。

お昼から「北杜市オオムラサキセンター」というところへ行く。

蝶々やカブトムシを見てまわった。

大きなオリに入り、「ヘラクレスオオカブト」とかいうとても立派なカブトムシを手にのせてもらったプリンス。あまりの大きさにちょっと及び腰。私も基本的には虫が得意ではないので、及び腰。背中、ツルッツル。そして硬そう。

黄金色に輝いているもの、玉虫色のもの、黒いニスを塗ったようなものなど、ここにいるのはみんな立派。知らない家族と一緒に、いろんなカブトムシをさんざん触ったり手にのせたりしてからふと顔を上げたら、「触らないでね」という大きな貼り紙があった。

地元の市場のようなスーパーに寄る。お土産が必要だったので何にしようかとウロウロして、地元でとれる美味しい桃ジュースにした。ワイン用の箱に2本ずつ包装し

てもらう。売り場のおばさんが話の早い人で、この市場の名前が印刷されていない包装紙や紙袋を奥からササッと持ってきてくれた。
夜はすき焼き。今半のお肉をみんなで1キロ食べる。

プリンスは昨日から、ウーちゃんのやっている「どうぶつの森」というゲームを一緒にやらせてもらっている。今日も食事が終わると、「ねぇ、あれやらない?」と小声でウーちゃんにすり寄っていった。
ゲームの中で魚を釣り上げると、「タヌキ商店」というお店で売ることができるらしく、珍しいものを釣り上げると、「タヌキで売ればいいんじゃない?」とか言って。たっぷり遊んでから、「そろそろタヌキ商店も閉まるし、僕も寝よっかな」と言っていた。

7月31日(土)
朝食は、桃、ぶどう、スイカとパン。
朝食の後、プリンスとチーちゃんと3人で裏の川に降りてみることにした。
涼しい。サーッと風が吹き抜ける。

浅いので、流れのゆるい場所だったら向こう側へ渡れそう、と、まず私が飛び石にグッと片足をかけた……と、その瞬間、ピキッと音がして……そのまま動けなくなる……。あまりの痛さに声が出ず、左足をさすって、川の真ん中で硬直。

「お願い……後ろに戻って、後ろに……」となぜか囁き声で言って、そろそろと岸に戻る。肉離れだ。

家に戻ったらさらに痛くなり、ソファに横になる。

あー、肉離れだなんて。40代のパパママが運動会で張り切りすぎて骨折、というよく聞くバージョンだ。運動不足なのに、自分の体への過信。

実はこの間、夫とプリンスと全力ダッシュをしたときから、太ももがうっすら痛かったんだよね。筋肉痛だと思っていたけど、あれがもう軽度の肉離れだったんだろう。そこがピリッと本格的に裂けた感じ。

ネットで調べてみると、筋肉が再生するには3ヶ月くらいかかるらしく、完治は3ヶ月後ということらしい。3ヶ月……。まぁでも左足でよかった。右足だったら運転もできなかったかも。

大変なことになりました！　と夫にLINE。

お昼はたこ焼きを作る。

ゲーム、今日はウーちゃんのお友達の島に遊びに行くとかで、東京にいるウーちゃんの友達と時間を合わせて一緒にゲームをしているプリンス。今どきのゲームは、こういうことができるんだね。

ゲームをいつから許すか、というのは確かに現代の子供（親）の大きな問題なんだろう。うちは上に兄弟がいないから、少なくとも小学生まではやらせないけど、兄弟がいるうちは、もうやっている子もいるし……。

でも兄弟がいても、「うちはさせていない」という家はあるし、「別荘に行ったときだけ」とか、「土日だけ」という「その家のルール」をきちんと守っている家庭は多い。

これ、大事。「他の家のやり方は知らないけれど、うちはこのルールです」を作ること。みんながそれを守ること。人は人、自分は自分。

8月1日（日）

昨日の夕方4時頃に東京へ出発。7時前には帰ってこれた。

痛めたのは左足なので運転は問題なし。

自分の家は落ち着く。あっちもよかったけど、こっちもいい。

8月2日（月）

肉離れになって、屋久島行きは心おきなく中止とした。

元々、コロナの患者数が拡大しているので迷っていたけど（特に乗る予定だった飛行機が減便対象となってから）、これで迷う余地なし。向こうではカヌーとかシュノーケリングとか山登りなど、足が動かせなかったら何もできないアクティビティだらけだったので。

やめる決心がついてよかったと思おう。

今晩はハヤシライス。夫はダイエットでずっと炭水化物抜きメニューだったそうなので、「わぉ、ご馳走」なんて言っている。

8月3日（火）

今日は講演家の鴨頭嘉人（かもがしらよしひと）さんとの対談本のために、1回目の対談をする。何年か前に、鴨頭さんが主宰している勉強会で講演をしたことがあって以来だ。

とても楽しかったし、学ぶことも多かった。

特に印象に残ったのは、「執着」に対しての感覚。

「執着を取るにはどうしたら?」というテーマになったとき、「ん? どういうこと? そんなこと、考えたことない。だってこうなりたいとか、こうしたいというのって、執着以外の何ものでもないし、執着がなかったら、こうしたいって思わないよね」と言っていた。

たしかに、そう。

私は今まで、「執着になると夢は叶いにくい」という話をしていたけど、それは「執着になった途端、夢や望みのことを考えると苦しくなってくるから」だ。「これしか幸せになる道がない」というような思いになると、苦しくなる。そして「叶わなかったらどうしよう」という方へ思考が行きがちになるので、そっちが実現されていくことが多い。でも、「苦しくなろうがなるまいが、それを実現させればいい」と言う鴨さん……いや違うな。鴨さんは、夢のことを考えて「苦しくなる」という感覚自体がないらしい。

「だってボクは、絶対にそうするから」ということだった。叶わないことはないから、だそうだ。これもまた素晴らしい。突き抜けている。はじめから「叶わないことはないから」と思っていれば、ずーっとワクワクした気持ちを維持できる。ポイントはここ。それが執着だろうとそうじゃなかろうと、ワクワクが維持できればいい。

次回の対談もとても楽しみ。

8月4日（水）

今日は幼稚園の面談。足が痛いので、タクシーで。

穏やかな先生と和やかに話をする。プリンスの得意なことや、「この活動のときのこれには驚きました」とか「そういう反応をしてくれたのはプリンス君だけでした」なんて言われると、嬉しい。やはり褒められるというのは、全てのやる気につながるというもの。

一応、「4歳の壁」の話もしておいた。幼稚園ではそれらしき態度は一切出ていないようで、先生も様子を聞いて驚いていらした。まぁ、この夏がピークだろう。

終わって、穏やかな気持ちで帰る。

夜は、女友達3人で南青山の中華。

8月5日（木）

最近ずっと見ているネットフリックスは『ナイルの秘密』。アラビア語ってとても綺麗。そして女の人の顔が濃い、濃すぎる。これを見てから日本人を見ると……ホントに「平たい顔族」。プリンスは『プロゴルファー猿』にはまっている。「ワイは猿や」とかつぶやきながら、木の棒とプラスチックのボールで真似。

8月6日（金）

今、HPのリニューアル中で、必要な写真を選んでいるところ。

ＴｏＤｏリストを片付けている気持ちで黙々とやる。

ずっと前にやった「意識の力の実験」を、またやってみることにした。

ズバリ、「この世は、自分が意識したものを本当に体験するのか」の実験。

前回は「24時間以内に黄色の蝶を見る！」と設定したら本当に見たので、今度は「2日以内にオレンジ色の車を見る！」にした。それが一昨日のこと。

さっき運転をしていたら、横から派手なオレンジ色の車がやってきて、私の前に横入りした。びっくりした。鮮やかな（派手な）オレンジ、見間違いようのないオレンジ。

本当に見たね。横入りするくらいの登場をしてくれなかったら、気づかなかったかもしれない。

そこで調子に乗った私は、また試してみることにした。

今度は2日以内に、上下真っ黄色の格好をしている人と会う！　それも近くで！

さぁ、どうなるだろう。


夜はプリンスと一緒に、夫の誕生日をお祝いする。

私の大好きないつものケーキ屋さんにホールケーキをオーダーし、プリンスは一生懸命にパパの絵を描き、周りを折り紙の切り絵で飾って大作が完成。

プリンスの絵やカードが寝室のベッドの周りにだんだんと増えてくるので、額装することにしていくつか選んだ。

8月7日（土）
夏休みはまだまだ続く。
3人でクラブのプールへ。プリンスはかなり遠くにいるパパに向かって派手に飛び込み、犬かきで突き進む。私は肉離れなので、プールサイドで本を読む。

8月8日（日）

今日は友達のクルーザーでクルージングに行く予定だったのだけど、台風が来ているので中止になった。

Ｍａｃのパソコンのスピーカーの調子が悪い。音がハウリングするようになってしまった。いろいろ調整してみたけど、ダメ。

調べてみると、Ｍａｃの場合、こうなってしまうともう直らないみたい。直接の原因かはわからないけれど、背面の四隅に付いている黒くて丸いゴムみたいな部分、これがはがれたときにすぐ補修しておかないといけなかったらしい。この下に大事な精密機械の場所があるそうで、ここがテーブルなどに直接触れているとよくないんだって。

え？　この丸いゴムみたいなものが？　ただの滑り止めだと思って取れても放置していた。あとひとつしかついていない。しかも、この音の反響を止めるために、さっきその精密機械の部分にビニールテープをきつく貼ってしまった……終わった。

そろそろ買い替えどきかも。

夕方、散歩から戻ってきて、「そういえば、上下で黄色を着ている人、見なかったな」と思い出す。これでもう今日は、人と会うこともない。

……とそこへ、夫と出かけていたプリンスが帰ってきた。

上下、真っ黄色の服を着ている。

私「何それ、どしたの？」

夫「さっき、外で見つけて似合ってたから買ったの」

……絶句。宇宙よ、乾杯……完敗。

8月9日（月）

私の本に出てくる「ダイジョーブタ」のキャラクターが、いろんなグッズになっているのだけど、今は扇子（せんす）を作っている。抹茶色とピンク色の2本の予定。

今日は父の誕生日なので、仕事の合間に電話する。

さて、オリンピックが終わった。今回はメダルも多かったし、楽しませてもらった。

あるニュース番組で、出演者（元オリンピックのメダリストで、元ＩＯＣの委員）の女性が、スケボーの若きアスリートたちが見せた「本当のオリンピック精神」についてコメントしていた。日本代表選手が「自分の思ったような演技ができなかったときに、他の国の選手たちが集まってきて励ましてくれた」と言っていたことについて、「こういう本来のオリンピック精神や考えを持った人がＩＯＣのメンバーになってくれるくらいにならないと、ＩＯＣの体質は変わらない」と。心がこもっていた。

きっとこれまで、この組織の中でいろんなことを感じたのだろう。

唯一、その人のコメントの中で気になったのは「まだ若いのに本来の精神をきちんとわかっていて」というような表現をしたこと。

若いからこそ、わかっているんじゃないかな。思惑や政治的なあかがついていない純粋さがあるからこそ、本質の大事なことがそのまま残っているんだよね。

ポストコロナに象徴される「これからの時代」は、柔軟にならないと幸せになりにくい。

新しいルール、新しいスタイル、新しい考え方に柔軟に。

みんな違ってみんないいのだから、自分は自分の基準で選ぶこと。

選択肢になければ自分で創り出すこと。

そして他人のことは、その人の自由を尊重して口出ししないこと。

「柔軟」は9月にある大阪講演でもキーワードになりそう。

8月10日（火）

朝、時間があったので、夫を仕事先に送る。

立ち寄ったスタバで、夫がドーナツと飲み物を買ってきたので、「パパが行ってからすぐに帰るんじゃなくて、どこか外で食べたい」とプリンス。「ベンチのある公園とか、ないの？」なんて言っているので、近くのベンチがある気持ちのいい場所に寄った。

朝なので、まだ人も少なく、暑くもなく、快適。

あぁ、アイフォンを家に忘れてきた。こんな気持ちのいいところを写真に撮りたかった、と思いつつ、いや忘れてきてよかったのだろう、と思い直してプリンスとおしゃべり。

4歳の壁、少しなくなってきた気がする。

帰り、車に乗って私が座っている運転席側の窓を閉めようとしたら、変な音がして、窓ガラスが下がらなくなってしまった。あれ？　と思ってもう一度開閉ボタンを押したら、ガラスが三角形の変な格好になって止まっている。

ウソ……手で持ち上げてみたら、ガバガバ動くし、そのままガラスが持ち上がりそう……。どうしよう……これは……と思いながら手を離したら、そのまま「ストン！」とドアの中に落ちてしまった。

ウッソ……これはもう、明日からの軽井沢は行けないかも……と暗い気持ちに……。

家に戻り、急いでディーラーに電話。ちょうど今週からお盆で、仕上がりまでとても時間がかかることがわかったので、正規のディーラーではないお店に電話したら、そこがとてもよかった。次の日曜に取りに来てくれて、1週間で直るって。

来週いっぱい東京にいるとなったら予定がいろいろ変わるので、あちこちに連絡。

東京にいるおかげで仕事のスケジュールもゆっくりになった。プリンスにも、夏のミッションを考えて、ここはいっちょ腰を据えて向き合おう。家の掃除もゆっくりして……そう思ったら、楽しくなってきた。

それにしても、暑い。今日はこの夏一番の暑さになるという。まだ肉離れも治っていないし、東京でいろいろやろうっと。

夜、これから先のスケジュールをさらに細かく決めた。私もプリンスも、残りの夏休みを規則正しく過ごすために、午前中にすること、午後にすること、8月中の目標などを書き込む。

帰ってきた夫に、しばらく東京にいることになったと話したら、「あ、いいね、東京にいてくれるの嬉しい」だって。

8月11日（水）

なんとなく新しい気持ちで、昨日決めたスケジュールをこなす。この「スケジュールに沿って淡々と進めて目標を達成する」という感じ、嫌いじゃない。8月を大事にしよう。

有料メルマガ「まぐまぐ」の連載を、年内いっぱいくらいで終わりにしようかな、と考えている。書きたいことや伝えたいことは、ほぼ伝え終わったし。今年から来年にかけて、いろいろなことを整理したい。夏前に私が認めた「今後やっていきたいこと」に向けて、ゆっくりとシフトチェンジの時期。

8月12日（木）

午前中は家のことやプリンスの用事をして、お昼過ぎからオフィスへ。YouTubeや「note」の作業をいろいろ。

肉離れ、安静にしているのに、一度痛くなくなった部分がまた痛くなってきているので、もっと回復に集中しようと思ってネットで調べた結果、コラーゲンを摂取することにした。

コラーゲンには動物由来と魚由来があること、主に1型から3型まであることなど、初めて知った。時間をかけてひとつに決めて購入する。楽しみ。

それにしても、この肉離れ。これは完全に私の意識が引き起こしたなと思う。

この半年、いや1年以上前から「運動不足をなんとかしないと大変なことになる」とか、よく口にしていた。私自身は全然困っていなかったし、自覚症状があったわけでもないのに、なんとなく周りの話に合わせてそう言っているうちに、テレビでも「40代半ばだとこれくらい体が衰える」というようなことを耳にするようになって、だんだんと「そうか、筋肉がなくなっているのか」なんて思ってしまい、認めてしまったんだよね。

言っていた通りになってしまった。認めた途端、筋肉が弱まった、という感じ。

言霊（ことだま）ってすごいよね。気をつけようっと。


毎日暑いけれど、クーラーの効いた部屋でタオルケットをかけて寝るのは最高。

ここのクーラーは天井に埋め込まれていて、タイマーセットができないので、寝るときは28度か29度のドライ設定にしている。

8月13日（金）

朝から雨。一転、とても涼しい。

プリンスは床で鼻歌を歌いながらレゴ、そのそばで私は仕事。

突然、この安全に囲まれた部屋が、宇宙船のような気がしてきた。プリンスと2人で漂う宇宙船、航空母艦。

疲れたので、お風呂に入る。今日は全てがゆっくり、しっとりと動いている。

バスタブに浸かってボーッとしているそばで、ポーズを決めまくっているプリンス。

真っ裸。

お昼にハンバーガーを作った。モスバーガーのような、お肉とトマトと玉ねぎのバーガーと、レタスたっぷりの照り焼きバーガー。

食べてから、プリンスと『かもめ食堂』を見て私はウトウト。

「終わったよ」と言われたので、その下にオススメ映画として出ていた小林聡美さん主演の『めがね』をつけた。

これもまたほのぼのとしたいい気持ちになる映画。

プリンスはこういう映画が好き。私はまたウトウトする。

次に目が覚めたのは2時間後の5時。

しばらく外の雨を見ていた。

8月14日（土）

昨日見た『めがね』という映画がとてもよかったので、続けてまた似たような感じの『プール』というのを見ている。

これもよかった。この間、ママさんとYouTubeで話していたときに、「『かもめ食堂』を毎日1回見ているの」とか言っていたけど、わかる気がする。

いいよねぇ、この感じ。ゆっくりと丁寧な佇(たたず)まいで暮らそうと思わせる。

でも、本当の私のスタイルでは、実はない。違うから素敵と思うのだろう。
とか思いながら、キッチンを掃除。
シッターさん役として来てくれたママさんと交代して、私はオフィスへ。

今、三笠書房で出す翻訳本の下訳を読んでいる。スコーヴェル・シンという人が書いた『引き寄せの法則を呼び出す言葉』という本。この本、すごくいい。言霊やアファーメーションについてとても詳しく書かれていて、今の私の状況にぴったりだ。
先月、原書をサラッと読んだときは、肉離れの前なので、今ほどは「私にぴったり」と感じなかった。それでも妙に気になって「この本はぜひやらせていただこう」と思ったんだよね。じっくり読んで、勇気づけられるような嬉しい気持ちになったので、その気持ちを担当編集者さんにメール。いい本に出会えた。

8月15日（日）
この世は、自分の思いと、自分が口にする言葉によってできている。だから自由自在。そんなことを思いながら目が覚めた。昨日の本の影響だろう。
目覚めたときのこの安心感、いい。

パワーウインドーを直してもらうために、業者さんに車を預けた。
足も動かせず、車もなく、天は完全に私を室内に押し込めるつもりか……と思いながら、仕事する。

プリンスは、今、私の言うことと反対のことを言ったりやったりする。
私が「おいしいねぇ」と言えば、「おいしくないねぇ」と言い、私が外の風に「気持ちいいねぇ」と言えば「気持ちよくないねぇ」とつぶやく、という具合。
今日は、エレベーターホールの手すりにちょうど頭がぶつかりそうなので「気をつけてね」と言ったら、わざと何回もぶつけている（笑）。
私「そんなに頭をぶつけると、おバカさんになっちゃうよ？」
プ「おバカさんって何？」
私「……せっかくお利口になって、だんだんお兄さんになってきたのに、赤ちゃんみたいになっちゃうこと」
プ「赤ちゃんみたいに？　じゃあ、それいいじゃん」
言霊のことを思い出し、「おバカさんなんて言うの、やめよう」と思う。

今日は終戦記念日だけど、子供ができると、戦争の恐ろしさ、悲惨さが一層身に迫る。こんな子供を抱えて逃げなくてはいけないなんて……。
目の前のありがたい毎日に身が引き締まるというもの。

8月18日（水）

今読んでいる翻訳本に書いてあったのだけど、自分が障害を障害と思わずに立ち向かうと、その障害自体が消える。

これは本当にそうだと思う。

例えば、何かを望んだり目指したりするとき、途中で「その世界に入るの、怖いな」と感じることがある。それは、今までその世界を体験したことがないからだ。その世界にまつわるいろいろなことに対して、勝手に恐怖を抱くから。

そしてそれがもっとネガティブな方へ進むと、「多分、あの世界には大変なことがたくさんあるだろうから、今のままでもいいかも」というような屁理屈で諦めてしまう。イソップの「すっぱい葡萄(ぶどう)」の話のような……。でも、それを受け入れようと覚悟を決めると、いざその世界に入ってみても、恐れていたような事柄はなかった（消えていた）、または全く大したことじゃなかった、とわかったりする。

これが「受け入れると決めると（覚悟すると）障害物が消える」というひとつの例。

またはこういうこともある。これは知人の話だけど、彼女が通っているダンススクールの同じクラスに自分のライバルがいた。自分はその人にだけは勝てないし、その人がいるといつも演技を失敗するし、だから悔しいし、嫌な存在だった。

でもあるとき別のクラスに参加してみたら、そのクラスの先生にとても評価され、その中で彼女が一番上手に踊れることがわかった。そこで、「あのライバルがいたからこそ、自分はいつの間にか技術を磨くことになっていて、あの人がいなかったらこんなに一生懸命に練習に打ち込んでいなかった」と気づき、そのライバルに感謝した。

するとこれまでになかったような清々しい気持ちになった。次のレッスンの日、そのライバルに会うのが楽しみくらいの気持ちで出席したら、その人は、ダンススクールをやめていた……という。

これを読んで、私も試してみよう、と思うことがひとつある。昨日までは逃げようと思っていたけど、向き合ってみるか、ということ。

まずは、その嫌だと思っていたことを悪く思わず、逆の立場から見ると意外とこうだな……という違う視点を持ってみることにした。そして根底の思い方としては、「それがあってもなくても、私の人生や生活になんの支障もない」というスタンスでいること。

すると、その障害物がどう変わっていくか……。

8月19日（木）

本当は今日から屋久島に行く予定だったので、夫も休みを取っている貴重な4日間だ。

まずはタクシーでプールへ。駐車場に降りるまで、車がないことを忘れていた私たち。

プリンスは相変わらず果敢に犬かきのような圧倒的な泳ぎで、息継ぎもせずに水中を進んでいる。水を怖がる気配、ゼロ。

一汗かいて、10時頃、プールサイドから続いている外のカフェでブランチ。日差し、椰子（やし）の木、飛び交う英語、ハンバーガーとグァヴァジュース。

「この4日間、毎日ハワイってことよ」

「ハワイ、治安悪化らしいしね」

「なんか、楽しいね」

と、3人でわけもなく楽しい気持ちに。

何も予定のない日が続くのって大好き。

実はこれ、私が求めていたこと。夏休みが、旅行や遊びで埋まってしまうのではなく、朝食にコーヒーを飲みながら、今日何をするかをゆっくり考えるような……。そう、まさにハワイでの過ごし方。ここではペタペタ歩いてビーチには行けないけど、その分、ササッと家に帰れる気楽さもある。

「帰りにアラモアナ寄ってく?」なんて、夫もすっかりその気。

明日、テレビの修理の人が来る。3ヶ月くらい前からネットのつながり具合がだんだん悪くなり、この10日間くらいで「これは絶対におかしい」というレベルまで来た。

修理の人が、Wi-Fiの機械が設置してある部屋に入るかもしれない。

そこは、私と夫の衣装部屋。そこの壁にWi-Fiの機械がつけてある。

おぅ……それは……掃除だ。

ちょうどいいので徹底的に掃除して、前から気になっていた衣装部屋の中の家具のひとつを別の場所に移動したらとてもスッキリした。私、こういう作業、大好き。

8月20日（金）

夏前に、ある人のおかげで私がバージョンアップ、ステージアップした件だけど、そうすると、やはり家電など、いろいろと壊れるものだな、と思う。昨日のテレビもそうだし、車とか、パソコンの音のハウリングとか、他にも小さなことがいくつか……。

ステージが上がると、エネルギーや波動が変わるので、機械製品は特に壊れやすいのだけど、久しぶりにこれを体験中。あぁ、肉離れもそうかも。私の言霊とバージョンアップがちょうどよく嚙(か)み合って……。


今日もプールへ。先に朝食にする。目玉焼きとベーコンとハッシュポテト、パンケーキ、夫はメキシカン。また今日も朝から高カロリーで栄養価の低いものを食べた。

プリンスは今日も自分の椅子の後ろに隠れている。私たちが見ると、「見ないで！」と息巻いて。まぁ、こんな時期も夏が終わる頃には通り過ぎているだろう。

ここにいると、プールということもあり、クラブ全体のマスク規制が個人の判断に委ねられているので、新鮮な空気を存分に吸っている。


午後、テレビの修理の人が来た。

テレビの分解作業を見ることなんてないので、じっくりと観察させていただく。


部品を交換したら、すぐに直った。奥の部屋になんて全く入らなかった。

あぁ、これでネトフリを見ながらグルグルならなくて、幸せ。

3Gから5Gになったようなつながりっぷり。

うす～い
テレビの中

大きな画面の中で
大事なのはココだけ

8月21日（土）

自分のステージが上がっているときに、久しぶりの人と偶然のバッタリがあったら、その後会う約束をした方がいい、と思う。自分に必要な何かが、その人の口を通して入ってくる。

そんなわけで、2回ほど偶然のバッタリがあったので会う約束をした友達と、プールの後、ランチをした。

テラス席で、子供たちにはハンバーグを、私たちには山盛りのサラダを頼む。

泳いだ後の、この気怠（けだる）さったらない。

彼女の話を聞いていたら、やはり、私が最近素直に認めた「今後やりたいこと」のキーワードがそのまま、彼女の口から出てきた。

8月22日（日）

可能な限り急いでもらった結果、修理の終わった車が、1日早く今日の夕方に納車された。

とても嬉しい。室内も隅々まで掃除されていて新車のよう。

「これを維持しよう」と綺麗になった直後はいつも、そう思う。

気分よく買い物へ。ドラッグストアで「リセッシュ」のような消臭スプレーを探したのだけど見つからず。その少し前に、別の商品の場所を店員さんに聞いたら目の前にあったということがあったので、2回は聞きづらいなぁ、なんて思っていたら、目の前にいたお客さんが店員さんに「消臭スプレーはどこですか？　リセッシュみたいな」と聞いていた。

こんなとき、世界はつながっている、とか思う。

明日から私とママさんとプリンスの3人で軽井沢なので、今日は夫の好きなものを作る。トンカツ、ポテトサラダ、ひじきの煮物、オクラのお味噌汁。トマトのカプレーゼ。

8月24日（火）

昨日の夕方、軽井沢に着いた。

今朝、プリンスはテニスへ。上下白の格好で、朝の涼しい林の中をテクテク歩いてコートへ。初めてのテニスだ。

ラケットの握り方から教えてもらい、球に突進していた。球がバウンドした後、それが頂点から落ちてきたタイミングで打つことをわかっていないので、どじょうすくいのよう。

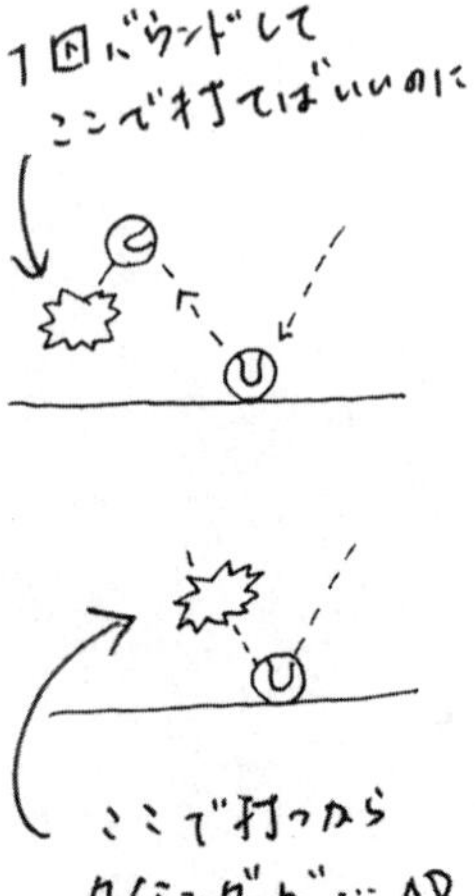

今は、午後。仕事をしている。プリンスは庭。

訳している本『引き寄せの法則を呼び出す言葉』のチェック作業だ。欧米の本あるあるで、キリスト教の目線で書かれている部分が多いので、そのあたりをどんな風にわかりやすく表現するか、それが鍵。

今の私が聖書を読むと、そこに出てくる物語の本当の意味がわかってくる。

例えば、聖書の中に「2匹の魚と5つのパンにイエスが感謝をしてみんなに分けると、そこにいた群衆全員に行き渡った」という有名なイエスの奇跡の話がある。これは、現状がまだ自分の希望を満たしていないように感じても、先にその状況に感謝をすることで、現実がそれに見合うようについてくる、という「今に感謝をする」という話だ。そして「すべては充分にうまくいく」ということを完全に信じているとそうなる、という引き寄せの法則の要素もある。

特別な人しか起こせない奇跡、という話ではない。

いや、確かにみんながこれをすぐにできるわけではないのだけど、同じ意識の使い方をすれば、誰にでもできる意識の力だ。望んでいる状況を見ること、そうなることを信頼すること。

こういうギャップを、どれだけ現代のわかりやすいたとえで言い換えるか、それがミソ。

でもこの本は、相変わらず素晴らしい刺激を私に与えてくれる。

私も今一度、未来に私が望んでいることをイメージして、はっきりと言葉に出した。

さらに、「それが本当だとしたら（今私が考えていることが本当に現実になるとしたら）、今から2日以内に、それを象徴する○○○という言葉を他人の口から聞く」と宇宙にオーダーした。

その○○○を、ここに書くことはできないのだけど、辞書に載っているきちんとした言葉で、でも日常会話には出てこないような、あまり使わない言葉だ。例えば、「墾田永年私財法（こんでんえいねんしざいほう）」という言葉がある。この言葉は（たとえだけど）かつてあった歴史上の制度の言葉だし、意味を知っている人はたくさんいるけれど、日常会話で普通に出てくる表現ではない。○○○も同じような感じで、「その珍しい言葉を、2日以内に他人の口から聞く」とオーダー（宣言）したのだ。ある意味、宇宙を試している。

それが昨日のことで、今日は聞かなかった。家族以外の人に会ったのはテニスのときだけだし……そういう問題ではないだろう。聞くときは、出会うのがたったひとりでもその言葉を聞くことができるはず。

あの「黄色い上下を着た人を見る」とオーダーしたら、息子が着替えて帰ってきたように。

8月25日（水）

去年から始めたYouTube「浅見帆帆子HOHOKO CLUB」で、これまでは私とママさんとのおしゃべりなどを投稿してきたけど、やっぱり私は精神的なこの世の仕組みの探究が好きなので、その方面のことを話したい。

やっとYouTubeで、それを話していい、という感覚が自分の中に出てきた。

私って、こういうところがあるんだよね。真面目というか、硬いというか、自分で決めた変なルールに縛られていることがある。

例えば仕事についても、30代初めくらいまでは「本が売れたからって、すぐに別のことを始めたという感じになりたくないから、本以外の活動（仕事）には躊躇（ちゅうちょ）する」というようなところがあった。だからジュエリーの仕事も、あまり大っぴらに外で話さなかったし、「遊びの延長」というスタンスを崩さなかった。

自分の中にある、そのわけのわからない枠がようやく外れそうになっていて、嬉しい。

好きなことをどんどんやろう。

さて、今は夜。

びっくりすることがありました！

一昨日始めた「2日以内に○○○という言葉を聞く」という実験。

聞きました！！！！　あんなに難しい言葉なのに、それも子供の口からはっきりと!!

今日、息子の友達ファミリーと遊びに行ったときのこと。息子の友達のお兄さんがアスレチックで遊んでいるときに、突然、その子のママに向かって言ったのだ。

「ねぇ、お母さん、○○○ってどういう意味？」

絶句……鳥肌、感動。

その子は、今読んでいる漫画にその言葉が載っていたらしく、意味を知らなくてお母さんに聞いた、というただそれだけのこと。

しかし!!　私にとっては……改めて、宇宙よ、完敗です。

試してごめんなさい。もう信じて、○○○の道を突き進みます。

8月26日（木）

今日もプリンスはテニス。不思議と1回目より上手になっている。

観覧席で眺めながら、昨日の○○○のことを思い返して幸せな気持ちになる。

テニスの友達に誘われて、プリンスは明日、1日いっぱい森の中で冒険するというサマーキャンプに参加することになった。持ち物に、リュックサックやウインドブレーカーと書いてあったので、ひとっ走り、アウトレットに行って買ってくる。すごい人でクラクラする。


夕方、テラスから外を眺めていたら、近くの家から、さっきテニスで初めて会った人が出てきた。うちの横の細い道に立って、車を誘導している。

よく見たら、誘導されている車は、さっきまでテニスを一緒にしていた私のママ友の車！

そうか、テニスで初対面だったあの人の別荘はあの家だったんだ……。ということは、テニスを一緒にした女の子は、プリンスの幼稚園の先輩ということか……。

信じられない。なぜってその別荘は、私がいつも「あの家は本当に素敵！！」と思っていた家で、外観の古びた感じといい、敷地の広さといい、苔むした感じといい、門扉からの見付きといい、とても好きな家なの。

ほー……好きでずっと思い続けているものには、絶対につながる気がする。

訳した本を読んで、自分用にアファーメーションを作ってみた。これを毎日できるだけたくさん唱えようっと。

8月27日（金）

プリンスをサマーキャンプに預けて、昨日のママ友とプリンスホテルで朝食。着替えを持たせるのを忘れたので、取りに戻って、往復……。こういう二度手間が、ね。

昨日の「あの素敵な別荘」のことをママさんに話していたら、うちの別荘のインテリア計画の話に花が咲いたので、妄想を膨らませる。

新しいソファを壁に沿ってグルリと置く予定が、ずっと止まっていた。まだソファを選んでもいないけど、来たときを想像して先に他の家具を移動させてみる。こういうことには俄然、フットワークの軽い私たち。

「何がきっかけで活発になるかわからないわねぇ」

「ほんとほんと（笑）」

あれから時間が経ち……今は深夜の1時。

キャンプの後、東京に戻ってきたのだけど、その前にひと騒動あったのだ。キャンプから戻った息子と友達ファミリーで夕食をとった後、友達がプリンスに飛びつき、プリンスが後ろに倒れて地面のコンクリートに後頭部を強打。大泣き。慌てて病院に行ったのだった。

結果的に、「状況観察」ということで大ごとにはならず、本当によかった。すぐに泣いたし（泣かない方が怖いと聞く）、意識が朦朧（もうろう）としているわけでもなかったし、大丈夫だとは思ったけど、やっぱり頭だから診てもらってホッとした。夜なので病院も空いていて、何事もなくて一安心。

友達のママは、事が起きた直後から素早くいろいろ動いてくれて、別れてからも連絡をくれた。同じことはプリンスにも起きていたかも（プリンスが飛びつく側だったかも）しれず、お互いのために本当に何事もなくてよかった。

8月28日（土）

東京に戻ると、こっちはこっちの素晴らしさを感じる。

新刊『やっと本当の自分で生きられる』用の撮影と告知。これは、10年にわたる共同通信社での連載「未来は自由！」から抜粋して加筆したもの。

新刊発売に合わせて幻冬舎さんがしてくださる私の文庫本フェアがあるので、そこに出す文庫用の写真も撮る。

プリンスはあれから24時間経ったけど異常なし。

幼稚園の開始がコロナで1週間延びたので、またも、夏休み続行。何をしようか。

8月29日（日）

久しぶりにファンクラブの「ホホトモサロン」、Zoomで語り合う会。いつの間にか42回目。充実の3時間。

この集まりの後はいつもエネルギーが満タンになる。いい言霊をたくさん発しているので。

8月31日（火）

今日もまだまだ、あの軽井沢での○○○実験のことを思い出して幸せな気持ちになる。引き続き、○○○のことを楽しく妄想。

午後は鴨頭さんと2回目の対談。
面白い、実に面白い。3時間ほど話し、終わってから夕食を食べに行く。
ここで繰り広げられた会話も実に刺激的。
面白い、実に面白い。帰ってきてから、そこでの話にいろいろと思いを巡らして、
未来のことを妄想する。興奮さめやらぬ夜。

9月1日（水）

今日から9月。新しい月というだけで嬉しい。
興奮しちゃって、何から手をつけていいかわからないことってある。
まずは落ち着こう。

先月、「障害を障害と思わずに向き合おう、違う見方をして受け入れよう」とした件……、受け入れたら障害物が消えたわ。見事。

9月2日（木）

夏頃から意識している未来の計画の一部に、少しずつ動きが出てきた感じがする。

それに似ている話も集まり出した。でも、まだぴったりではない。30%くらいはマッチしている、というか、あくまで同じ分類の似たような話が集まり出した、という感覚なので、様子を見る。


プリンス、絵画のお教室で描いてきたものは、パソコン。画用紙を2枚つなげ、ディスプレイの部分とキーボード部分に分けて。「カタカタカタ」とか言ってる。

そう言えば、プリンスの4歳の壁。だんだんと抜け出してきている。

プリンスも、毎日少しずつ変化。

9月3日（金）

今年の夏はコロナ2年目で、旅行は軽井沢だけで終わった。

でも昨年に引き続き、整理整頓が進んだいい夏だったな。

来年はどうなっているんだろう。


人の気を引く話を持ってきて、いつもその後の報告がない、というか、話は大きいのだけど何もまとまらず具体性のない人って、いる。つかみどころがなく、実体がない。

夜はYouTuberのHonamiちゃんと福本真美さんとインスタライブ。私、インスタライブって初めて。

途中で画面が落ちてしまい、もう一度仕切り直して再スタートというアクシデントもあったけど、1時間ほど楽しく話す。

9月4日（土）

急に思い立って、ソニープレゼンツの恐竜科学博に行く。化石を掘ったりして。近くのホテルでランチを食べて、近くの大観覧車に乗って帰る。

プリンスはパワーがあり余っているようで、帰ってすぐにストライダーを持って公園に走りに行き、戻るとリビングの巨大ヨットによじ登っていた。フー。

9月10日（金）

プリンスの幼稚園、クラスの人数を半分にして1日おきに登園するという形で2学期が始まったので、なんとなく慌ただしい。

HPがリニューアルされてオープンした。

トップには私の生家のリビングの写真を使った。


午後、思わぬ人からメールが来た。

数年前に、私に「ナンタケットバスケットを作ってくれる」というお申し出をくださった方。ついにできたらしい！！！　嬉しい!!　来週は東京にいるそうなので、会う約束をする。


YouTubeで、本に書いているようなことを話し始めたら、フォロワー数やいろんな数値が飛躍的に伸びた。「何かしたんですか?」といろんな人に言われる。いや……本来の私が話していて心地よいことを話すようにしただけ。ママさんとの会話も心地よいけど、あれはあれ、これはこれ。

配信も、週1回に落ち着いた。ママさんとの会話のときは2日に1回のペースで配信していたけど、週1回に。撮影場所は、オフィスのサロンの机。すっかりここが定位置になった。これもまた、前はいろんな場所で撮った方がいいかな、なんて思っていたけど、ここが一番落ち着くのでここになった。改良しつつ、だんだん落ち着いて進んでいる。

9月11日（土）

9月よ……もう9月。

美容院で、長年の担当さんとあれこれ楽しく話す。

私が以前インスタグラムにアップした息子のカットシーンの写真から、美容院と担当さんを探して、「読者の方がいらっしゃいましたよ」と言われた。

え？　あの写真から？　どうやって……ネットってすごいな、と思う。

夏にあった肉離れと運動不足の話をしたら、「絶対にスクワットですよ」と言われ、正しい形のスクワットの話を聞いて、鼻息荒くなる。ゆっくりとしたスクワットを15回、1日置きで充分。それをきちんとやりさえすれば、特に初心者は全身の贅肉（ぜいにく）が落ちていくって。背中の一部を意識する筋トレよりも、スクワットだって。

全身の肉が、そこに流れて落ちていくっていう説明が気に入って、早速開始。

仕事で思わぬことが起きた。さてどうしようか。

9月12日（日）

友人のクルーザーに乗りに行くはずだったのに、またも雨で中止。代わりにハーバーでバーベキューをすることになった。

プリンスは停まっているヨットに乗せてもらい、操縦席に座って、「あーあ、運転したかったなぁ」と言っている。また来ようよ！

バーベキューの後にサッカーで遊んでくれた小学生の兄弟2人とプリンスとの絡みが、面白かった。明らかにお兄さんたちが付き合って遊んでくれているのに、まるで自分がリーダーかのよう……。途中、トイレで抜けて戻ってきたときも「ごめんごめん、待った？　ほんっとごめん」とか言っちゃって。仕切り屋か？

マリーナのTシャツが紺と白でかわいいので、プリンス用に買った。

9月13日（月）

爽やかな秋晴れ。暑いくらい。

一昨日くらいから、左腰が痛くて気になっていたのだけど、今朝、悪化……。プリンスがお腹にいたときに、感染性の急性腎炎になったんだけど、そのときと場所が似ているので友人の大学病院で診てもらうことにした。

自宅の窓からの景色、
私はこの眺めがとても気に入っている。
ここから見える空を、いつも写真に撮る。
今日は雲ひとつない青空に、
手前の木々の緑が映えている。
この3ヶ月のことを振り返ってみる。
6月にステージアップが始まり、8月にピークを迎え、9月に入って落ち着いたという感じ。8月に集まってきた情報をもとに、どこから手をつけるかな、という……。

下から生えている
木のてっぺんが
窓から見えて
ちょうどいい

9月14日（火）

私のために作ってくださったナンタケットバスケットを受け取りに行ってきました！！！　すっごく素敵♪
コロンとした丸いフォルム、トップには私の希望通り、象牙でできた貝殻、蓋の裏面には私の名前が彫られた象牙のプレート。バスケットの中にはHappy Landingと書かれた四つ葉のクローバーが入っていた。なんて素敵な!!

ご本人曰く「どうしてよりによって帆帆子さんのに！（泣）というミスが、実はあるんです」とのことだったけど、私から見るとわからないので問題なし！

あぁ、ついにこのバスケットが私の手に……。

数年前、南青山のショップでこのバスケットを見たときは、すっごく素敵だけど、デザイン的にはどれも「帯に短し、たすきに長し」で、それにしては高額なので妥協する気にならず、様子を見ようと思っていたところに、このお話をいただいたのだ。

それから数年、コロナも挟んで私の方も忘れかけた頃に完成のご連絡で本当に嬉しい。

これもまたステージアップのひとつな気がする。


この方の、この数年にあった話をたっぷり伺ったのだけど、「流れがスムーズ」というのは全てのサインだね。こっちで大丈夫だよ、サイン。

それと、「あれ？　八方塞がり？」と感じるようなことが途中で起こっても、その後に必ず素晴らしい解決策や展開が起きてくる。見事。

でもそれは、その八方塞がりが起きたときに、本人が腐らずがっかりせず、「じゃあ、こうしましょう」とすぐに切り替えているからだと感じた。

「素晴らしいですね」と私が言ったら、「全て帆帆子さんの本に書いてあったことです（笑）」と言われた。……そうか……、そうだったか……私もこれを思って、先日の「仕事での思いがけないこと」に向き合っている。

できることをしたら、あとはもう淡々と。そのときに気が乗る、別のことを進めよう。

9月15日（水）

今日、早速、左腰を大学病院で診てもらったら、なんともなかった。CTと尿検査から、少なくとも内臓系の病気の心配はないらしい。

よかった。一安心。友人にも感謝。一応血液検査の結果が出たら連絡する、と言っていたけど、「多分、何もないと思う」とのこと。

9月16日（木）

プリンスは、基本的に優しい。少なくとも私よりは、優しい。

今日も私が夫に「最近太ってきたんじゃない？」というようなことをガンガン言っていたら、その後にプリンスが囁いていた。

「パパ、今のままでも充分かっこいいと思うよーー」

仕事で起きた「思わぬこと」について、いいアイディアが浮かんだ。早速、そっちの方向で検討してみるということで、あちこちに連絡。
夜は友達の誕生日をお祝いに、イタリアンへ。

9月18日（土）

最近、毎日本当に楽しい、とか思いながら起きたら大雨。おっと……。午前中から出かける用事があるけど、こんな日は、この間買った紺色のコートが大活躍！　なんて思っていたのに、バタバタしていたら玄関に置き忘れてきた。

今、来年発売予定のお財布のデザインをしている。イメージはあるのだけど、細部が見えてこないので、熟成させよう。

先月から探しているトートバッグが2つ、どうしても見つからない。ひとつは夫の、もうひとつは私の。同じ場所に引っかけてあって、この間、テレビの修理の人が来るから、と掃除をしたときにまとめて移動したと思うのだけど……。クローゼット含め、ほぼ、家中探したのに、ない。

どちらもまぁまぁの大きさなので、畳んでどこかにしまったり、間違ってどこかに入ったりしてしまうものではないし、もし、どちらかひとつだったら、「そのうち出てくるだろう」と放っておくのだけど、2つ一緒にないというのが……。あのとき、ゴミをたくさん処分したから、そのとき間違って捨てちゃったのかな。

帆「神隠しだ……」

夫「いやいや、自分だよ(笑)」

と言われながら、今日も探している。

9月20日（月）

休みか。今日は、リビングでプリンスと一緒にダラダラしたい気分だ。

新刊の翻訳本を読んで作った自分用のアファーメーションをじっくりと繰り返したりして。

言葉って本当に大事、と再確認しているこの頃。次のYouTubeでは「言葉」について話そうっと。という引きこもり気分なのに、外が気持ちよく晴れているのでプリンスの買い物へ。

表参道をプラプラ。帰ってきて、プリンスが自転車に乗る。補助輪のついたカッコいい自転車。かなり先まで補助付きでいいと思っているので、まだほとんど乗っていない。ストライダー派。

9月21日（火）

講演会の準備をする。久しぶりのリアル講演なので、かなり細かいところまで詰めて考えた。

ひとりリハーサルが終わる頃には、とてもパワフルに元気になっていた。

毎晩、8時頃にプリンスと一緒に部屋へ行き、本を読んでから「おやすみ」と言って子供部屋を出る。その後、プリンスは最近大好きなドラえもんの英語の本（本の中にいろんな言葉が書いてあって、ペンで触ると英語で言ってくれる本）でひとりで遊んでから、自分で寝る。ひとりになってだいたい15分経てば静かになるのだけど、今日は1時間近く経っても部屋から大声が聞こえていた。

「アイアム、ノビタ、ノビ。アイム、ノット、ジャイアン」など。

そしてしばらくして、私の部屋に入ってきて、

プ「ねぇねぇママぁ、一緒に寝たいっていうわけじゃないんだけどね、ドラえもんの

本にね、反対の言葉がいろいろ載っているんだよ。長い、短い、とか。すごく勉強になるよ、ママも見てみたい？」
私「うん、じゃあ、今日はもう寝る時間だから、明日見ようかな」
プ「……すごく面白いから、ちょっとだけ今見たほうがいいと思うよ？」
私「(笑)じゃあ、持ってきて」
私はベッドの上で広げていたパソコンを、パタンと閉じる。
大喜びで本を取ってきて私の隣にすごい勢いでもぐり込んだので、
私「じゃあ今日はもう、ここで寝てもいいよ」
と言ったら、「そうするっ！」とものすごく嬉しそうに言っていた。

9月22日(水)

子供の状態というのは日進月歩。その日の調子によって行きつ戻りつ。
私も少し、息抜きしよう。
最近、自分の買い物をしていないので、秋物の洋服をまとめて買う。

9月24日（金）

コロナの第6波がこの冬に来るという。Honamiちゃんもコロナになったたって言ってた。治った後もしばらく体調が悪いらしい。

「ママがこの間YouTubeで話した人、コロナになって治った後も調子が悪いんだって」

と言ったら、

「じゃあ、神様にお願いすればいいよ」

とプリンス。

そのプリンスは今、パパとのプールから戻り、のけぞって寝ている。頭にびっしょりと、汗。起きていると「お願い、寝て」と思うんだけど、寝ているとかわいいのでさわりまくって起こしたくなる。

9月25日（土）

朝日カルチャーセンターの中之島教室主催の講演会。この講演会も8年目？くらいだ。

講演は、私にとって癒し。

9月26日（日）

プリンスは最近、ほぼ毎晩おねしょをしてくれる。それも明け方、自分の部屋からトコトコと私たちの寝室にやってきて、わざわざここで……巨大な池。

それなのに、起きてすぐ、「昨日もいい日だったし、今日もいい日になるねーー」とか言っている。

黙々とシーツとベッドカバーを取り替える。


最近、渡辺直美さんのYouTubeをよく見ている。

面白い。

9月27日（月）

月曜日は好き。また新しく1週間を始められるので。

月曜は「まぐまぐ」の連載原稿を書くので、それが終わると「今日のミッション終了」という気分。


午後、買い物の帰りに車の中でメールを見たら、気が沈むメールが来ていた。

うーん、これは、そろそろ改善を考えた方がいいかも……。思うに、「ここを変えようかな」と思っていると、それからしばらくして「改善せざるを得ないこと」が起こる。

これも、私の意識ありなのだろう。

9月29日（水）

今日もスクワットをする。

この間美容院でスクワットの話を聞いて、腰が治ってから、2日に1度、スクワットをしている。きちんと形を維持して15回。1日やったら1日空けること。はじめのときは15回やっただけでお尻がフルフルしたけど、今はすっかり大丈夫。気のせいか、ちょっと体力がついてきたような気がする。

探していたバッグが出てきた、2つ一緒に。

夏の洋服を入れてあるダンボールの中で発見。なぜここに……と思うけど、この間、クローゼットの部屋を整理したときに、しまう夏服を積み上げた一番下にバッグを置いていたので、一緒にしまっちゃったんだろうな、と思う。

1ヶ月前の日記を読み直してみたら、1ヶ月前の私と今の私は別人のような気がする。ステージアップしたら、前は、その人のライフスタイルが好きでなんとなく追っていた人にも全く興味がなくなった。エネルギーが変わったんだよね。自分のやりたいことに突き進みたいという気分。そしてブレずに進みたい。小さなことに心を惑わされず、淡々と。それが今の私に一番必要なこと。

9月30日（木）

先日、ネットで久しぶりに自分のために大きな買い物（ファッション関係）をしたのだけど、返品することにした。購入した後にやってくるはずの「嬉しいーーー」と

いう気持ちがなかったから。

夫にも、開けた途端、「帆帆ちゃんっぽくない」と言われた。

10月1日（金）

幼稚園の運動会。今日に限って、台風、大雨。

たしか、年少下のクラスにいた去年も当日だけ大雨だった。公の体育館でするので、どんな台風でも実施できてしまうところがなんとも……。

駐車場から体育館への道はビル風が吹き荒れているので、真正面から吹き付けてくる雨に傘を垂直に持って進む。子供たちなんて、風で浮かびそうだ。


1階で子供を引き渡して、私と夫は2階の観覧席へ。今年はコロナのために、競技をする体育館の1階に入れるのは子供と先生だけになった。

入場行進、泣ける。子供たちの愛らしい姿と、先生たちの動きにも感動。日頃から、子供のことをよく考えて動いてくださっている担任の先生の姿勢に感心していたので、余計に。

全体での準備体操の後、早速プログラム1番、年少さんの徒競走。

写真を撮りやすい場所に移動。プリンスは元気よく返事をして1番で走っていた。ゴールで先生に飛び込むというあの形も、いいね。

それからかわいいお猿のダンス。猿の帽子と腕にキラキラ光るものをつけて、お尻をフリフリ、手をキラキラ、猿のポーズもかわいらしい。

帰ってきてから動画を続けて10回ほど見る。

いいね、幼稚園児。何をしても癒される。

10月2日（土）

うって変わって快晴。爽快な青空。

11時半にアップルのジーニアスバーを予約しているので、予約メールを確認したら、「来る前にソフトのアップデートを」とか書いてある……。で、気楽な気持ちでアップデートを始めたところ「残り38分」と表示された。家を出るまで30分もない。

急いで「アップデートを途中で止める方法」を調べたけれど、画面に出てくるはずの中断ボタンなどはなく、「途中で充電を抜くと故障の原因になる」とか書いてある、トホホ。

どうすれば……と思っているうちに完了までの時間がどんどん短くなって、なんとか間に合った、よかった!! 運転していたら間に合わないので、タクシーにする。

ギリギリで間に合って、アップルの人たちのいつもながらの要領のいい説明を聞き、修理にするか新しいのを買うか、考える。一応、今出ている新しい製品の説明も聞いたら、意外と「修理がいい」という気持ちが強まった。新製品の説明を聞いたら、絶対欲しくなりそうだな、と思っていたのに。

スピーカーを新しいものにして、背面の取り替え、ついでにディスプレイがものすごく汚いのでそれも新しいものにしてもらうなど、いろいろお任せで50000円くらい。1週間くらいで自宅に届くって。

終わってから、夫のスーツのオーダーに付き合う。

10月3日（日）

昨日の夜中は仕事をした。久しぶりに夜中に起きてコツコツと。

思えば、子供が生まれる前は、夜中でもよく仕事をしていた。寝るのが惜しかったし、いろいろ思いつくと目が冴えて飽きるまで仕事をしていた。それが出産で中断。それは喜ばしい中断だけど、それによって自分の本当に好きなものとか、これからの人生のことを考えることになるよね。何をしたいか、何に比重を置いていくか。

よくわかったのは、私は思っていた以上に仕事が好きだったということ。これは実は意外だった。乳幼児期の育児の大変さに、自分のやりたい仕事を一瞬忘れそうになったけど、それが続くと、仕事から離れていること自体がストレスになっていく。なので、子育てと仕事の自分にとって心地よいバランスを模索して、やっと少し見えてきた。

でもあと2年後に小学校受験がやってくる。ここでまた中断。これはもう、覚悟の上。

それが終わると、ようやく本当に自由になれるイメージ。

今日は遠くの動物園へ行く。

緊急事態宣言期間が明けたので、すごい数の子供と大人。

ここには、3階建てくらいのネットで囲まれた人気のアスレチックがある。プリンスも張り切ってよじ登っていった。私たちは登れないので、下から見守るのみ。

プリンスは一番上の滑り台に行きたいようなのだけど、そこに行くためには、筒状のネットのはしごのようなものを登っていかなくてはならない。この筒状はしごは狭い上に、上から降りてくる年上の子供たちもいるので、なかなか上に登っていくことができない様子。しかも、プリンスの前の男の子たちがじゃれ合っていて、順番が進まないようだ。ひとりでも大人がいれば声かけをしそうなものだけど、そこが子供の世界。

しばらく見ていたら、前の子たちのゴチャゴチャをシラーッと横目で眺めつつ、サッと上手に身を滑り込ませて登っていった。ふふ、何事も人生経験。

そこでほとんどの時間を費やし、お弁当を食べて、「最後にキリンを見たい」と言い出したけど、キリンのところまでものすごく遠いので、「今度にしよう」と動物園を出る。

車に乗って5分後に、爆睡。

東名高速から首都高に入ったあたりで、突然、後ろで「ドーン」という音がした。夫がバックミラーをチラッと見て、「後ろのトラックが事故った」と一言。もうもうと煙が上がっている。中央分離帯に突っ込んだみたい。

ヒー……タッチの差だった。

家に帰ってネットを見たら、毒ガスを大量に積んだトラックが中央分離帯に激突したらしい。倒れていたらもっと大惨事だったはずだから、倒れなくてよかった。あのトラックから後ろは20キロの渋滞となっているらしい。

本当に危機一髪。あと1台後ろだったら事故に巻き込まれていたし、それより後ろだったら大渋滞だった。

「帰りにキリンを見るのを諦めたからだよ」

と3人で言い合う。プリンスは、「毒ガスを積んでいた」ということが気になるみたいで、

「へぇーー、毒ガスなんてどこに運ぶんだろうねーー、何に使うんだろうねーー、悪い人たちなんじゃないの？」とか言っていた。

10月4日（月）

またもや、しばらく探しているものが2つある。

ひとつはＡＭＩＲＩのロングネックレス、そしてもうひとつは車の鍵（キャー）。鍵は2ヶ月ほど前からなくなっているのだけど、多分家の中にあるはずなので、そろそろ見つけたい。

今日、夫が家の鍵と間違えて私の車の鍵を持って出かけてしまったので、「幼稚園の送迎はタクシーか？」と思っていたら、幼稚園に出かける前に家に戻って届けてくれた。

そこで初めて「実は……鍵をなくしていてひとつしかない……」と夫に言ったら「至急、探して！」と言われる。だよね。


今、連載の原稿を古いＶＡＩＯで書き終わったところに玄関のチャイムが鳴って、修理済みのＭａｃＢｏｏｋが届いた。え？　もう？　預けてまだ2日も経っていないのに……素晴らしい。

スピーカーはもちろん、背面もディスプレイもピカピカ。このサポートの素晴らしさが、Ｍａｃ製品を選んでいる理由とも言えるくらい。

前より一層愛着が湧いた。これからもよろしく。

プリンスが帰ってきて、「今日、校長先生から金メダルをもらったんだよ」と嬉しそうに見せてくれた。運動会の金メダル。男の子と女の子が彫られていて、裏に幼稚園の名前が入っている。

私「すごーい、こんなに素敵な金メダル、ママ見たことない」

プ「……あげようか？」

私「でもこれは運動会で一生懸命走った人のものだから、あなたがもらうものだと思うよ」

プ「……じゃあ、買ったら？」

私「金メダルは売ってないと思う、頑張ったときにもらうものだから」

プ「そう？　じゃあ、スマホで調べてみてよ」

スマホで調べてみてよ、か……フッ。

10月5日（火）

幼稚園の帰り、ふと、私の友達のことが浮かんだので、「帰りに寄ってみる？」とプリンスに聞いてみる。するとびっくり顔で「行く行く！　そろそろ会いたいと思っていたんだよ」と。彼女の家には不思議なもの（おもちゃ）がたくさんあるから、子供心に面白いと思うんだろう。

行ってみたら、やっぱり面白いものがいろいろあった。宇宙人のかぶりものとか、シンバルを叩いている猿とか。プリンスは不思議な音が出る魔法のステッキをもらう。「いいの？　もらっちゃって」とびっくりして聞いたら、「まだあるから」と、奥からドチャッと10本くらい出てきたので笑う。

10月7日（木）

昨日、「ハレクラニ沖縄」から嬉しい依頼が事務局に来ていることがわかった。来年春の、ハレクラニ沖縄での講演会の依頼。

わーい、嬉しい。

ほなみちゃんとする講演会の打ち合わせ。

ほなみちゃんは静岡に引っ越したんだって。学生の頃からどうも東京にいると体調が悪くなって、すごく長くは住めないんだって。そうか、今回も東京にいたらコロナになったしね。

「自分の本音にウソをつき続けるとこうなるんだなって感じですよ」と言っていた。それがコロナに直結していたかどうかはわからないけど、自分にウソをついていると体がおかしくなってくるのは、そうだよね。

東京は、水が合わないんだね。私は東京じゃないとダメなので、それぞれにあるのだろう。

久しぶりにＡＭＩＲＩの新作を作ることになり、夜、一気にデザイン画を描き上げる。

10月8日（金）

新しい出版社で出すことになっている新刊を書き進めている。あと少しだ。今回は新しい試みをいくつかするので楽しみ。

夜、中学からの同級生２人（ＹくんとＵちゃん）と食事へ。

Ｕちゃんは３ヶ月くらい前にプールで再会したＵちゃん。緊急事態宣言も明けたし、ご飯を食べようということで、同じ種類のY君を誘ったのだ。同じ種類というのは……なんて言うか、同級生とつるまず、自立して仕事で大成している人、という意味。

Uちゃんが最近買って、中をリノベーションしてバケーションレンタルとして貸し出している不動産の話を聞く。Y君は不動産のディベロッパーなので、そこから不動産投資のあれこれで盛り上がった。昔の話はごくわずか、ほとんどが今と未来の話。こういうのがいいよね。

そしてやっぱり、外でお酒が飲めるっていい。シャンパンと白を2本開ける。

10月9日（土）

気持ちのいい秋晴れの今日、友達が通っている乗馬クラブへプリンスを馬に乗せに行く。

着ていく洋服を出しておいたら、「今日は馬に乗るんだから、馬の洋服を着ていかなくちゃ」と言って、自分でラルフローレンのポロシャツを出してきた。ズボンも、ラルフの馬がたくさんついている短パンにしている。

「これ、この間のクルーザーのときも着ていったと思うよ?」（ヨットのときと、今日の友達が一緒だったので）と言ったら、「そんなことはどうでもいいよ。馬に乗るんだから、馬でしょ……」だって。

さて、乗馬クラブは八王子にある……遠い。

週末の中央道あるあるで、渋滞していて2時間ほどかけてたどり着く。

ここまでひとりでせっせと通っているこの友達は、本当に馬が好きなんだろう。

背が高く、センスがよく、いつもカッコいい彼女が馬に乗っている姿は……そりゃあもう、カッコよさ、2倍。そんな彼女に馬の上から声をかけられて、プリンスもびっくりしている。

カッコいいよね……のため息。

彼女のレッスンを見学してから、ポニーの馬場へ行く。

乗馬用のこの帽子、かわいいーーと思って、プリンスの頭をなでなでしていたら、「ママ、馬をなでてよ」と言われる。

栗毛のツヤツヤのポニーに、抱っこしてもらってまたがる。

はじめは「ママーー」なんて言いながらこっちを向いていたのが、調教の先生に「前を向いて」と言われた途端、神妙にじーっと前を向いて乗っていた。まっすぐに背筋を伸ばしてなかなか凛々(りり)しい。私の前を通り過ぎるときも横目でチラッと見るだけ。こういうところ、プリンスって本当に真面目。

下りてから、大人の馬場に移動して、馬に餌をあげる。ニンジンを持っていた手をベロンとなめられ、そこに馬の口から吐き出された草だか唾液だか、いろんなものがついているのを見て、「……もういい」とつぶやいていた。

フランスにまで馬に乗りに行っていたこの友達に、向こうで買ったというポニーのぬいぐるみ（これがとてもかわいい）までもらって、楽しい時間だった。

夜、そこでいただいた馬についての冊子を一緒に読む。とてもいい冊子で、馬の特徴がわかりやすく書かれている。へぇ、と思うことも多い。馬の歯は40本もあるとか。

10月10日（日）

朝食は、近くのカフェへ。プリンスはバナナシェイクを一気飲み。

「昨日、馬に乗ったんだよ。手をなめられてベトベトだった」とか、馴染みのお兄さん店員に勢い込んで話してる。

私は手帳を広げてじっくりと今後の予定を考える。

去年、夫にプレゼントされたこの手帳、最近しっくりと手に馴染んできた。こげ茶色の革も光っている。

「最近、毎日楽しい」と夫に言ったら、「奇遇だねーー。ボクも」だって。

10月13日（水）

今日は出かける用事がいくつかあって、疲れた。

帰ってきてから、書かなければいけなかった原稿をひとつ思い出す。パソコンに向かったけど疲れているし、気持ちが乗っていないのでやめた。

「明日目が覚めたら、あの原稿にすごくいいことが思い浮かぶ」と思って寝た。

10月14日（木）

さっき目が覚めたときに突然ある言葉が浮かんで、それを原稿の出だしにしよう、とすぐにパソコンに向かって書き始めたら、とてもいいものが書けた。

この数ヶ月の私の周りの人の流れを見ていると、私のバージョンアップに伴い、それを後押ししてくれる人たちとの出会いが確実にあった。

同時に、離れた人もいる。意識的にそうした人は2人。もちろん自然な流れの中で起きたことだけど（そしてもちろんケンカ別れなどではないけど）、新しい今の私の世界にはお互いに適さないのだろうとよくわかる。これまでのことに感謝しつつ、またいつかどこかで、だ。

10月16日（土）

今日は、秀才ちゃんが我が家にディナーにやってきた。

まだ大学（院）を出て少ししか経っていないキラキラの20代。英語と中国語がネイティブ並みで、スペイン語も少しなら大丈夫らしい。これまでに、教育機関（大学や大学院）や、いろんな財団の奨学金を受けているので、教育にお金がかかったことがないらしい。将来は日本初の女性首相、そのために国連に入り、そのためにあの仕事も少し経験して、あっちの方も体験して、と着実に人生の階段を上っていこうとしている。

私が興味があったのは、小学生や中学生の頃、親がレールを敷いたわけではないのにどうして自発的に語学を習得し、世界に目が向いたのか、という部分。

話をしていてわかった結論としては、彼女は単に「そこ」に興味があったんだな、ということだ。国連とか首相とかに、単に興味があったから、それに必要なことに目が向き、それを体験することになったということ。

もちろん、全ての人が「そうしたい」と思ってできるものではないので、奨学金ひとつとっても、その条件を満たして達成しているのはすごいことだと思う。それは彼女の集中力と、きちんと賢く勉強してきた結果だ。ただ、私が最も興味のあった「どうしてそこに意識が向いたか」は、単に「そこに興味があった」ということ。

野球が好きな子が、強い野球チームに入りたいと望み、努力してプロ野球選手になるのと同じこと。絵を描きたい人が、「自分のやりたいことは絵の世界にある」とそこを見つめれば、それに伴うルートを生活に引き寄せてくるのと同じこと。ただ彼女の場合は、その「興味あること」が、人数で言えば少ないためにあまり前例がなく、舞台が世界なので、一見「ものすごいこと」に感じるというだけだと思う。

なんか、落ち着いた。やり方は一緒。

プリンスは一緒に遊んでもらって、一緒にケーキを食べて、満足。私も満足。

10月18日（月）

この間、起きてすぐに原稿のインスピレーションが来たときの流れが面白かったので、昨晩も寝る前に、あることについてインスピレーションが来てくれるように意図して寝た。

すると今朝、また面白いことを思いついた。やっぱり、私は朝に来ることが多い気がする。またやろうっと。


今日は幼稚園がお休みなので、ずっとできないでいたことをゆっくりやろう。

プリンスの髪の毛のカットとか。子供部屋を一緒に掃除するとか。

あとハロウィンの準備も。

友達と一緒にハロウィンをすることにしたのでその連絡など。

たまにこういう「お休み」があると、生活が整う。

そうそう、なくしたと思っていたあのロングネックレスが出てきました。なんと、どこかに不具合があったみたいで修理に出していたらしい。「遅くなってすみません」という連絡があったので気づいたのだけど、修理に出していたこと自体、全く思い出せない。本当にまったく。

でもまあよかった。よし、あとは車の鍵！　お願い、出てきて!!

10月19日（火）
急に寒くなり、秋が深まってきた。

金曜に幼稚園の遠足があるので、何を着せようか、私も何を着ようか、考え直さないと。コロナ感染者の人数も少なくなってきたので、やっと少し安心な気持ち。

午前中、仕事の合間に買い出しをして、夕方プリンスを迎えに行き、急いで上野の東京文化会館へ。

小田全宏（おだぜんこう）さんのオケのコンサートへ。交響組曲『大和』。とっても久しぶりだ。プリンスも参加していいということだったので、いそいそと。開場30分後に着いたら、もうかなり席が埋まっていた。まだ1席おきなので、正面のあたりはほとんど埋まっている。横のブースの方に行ってみたら、小田さんの親友Mさんが座っていらした。ご挨拶してちょっと立ち話したら、その隣が2席（4人分）空いているのでそこにする。座ってみると、そのエリアは一段ずつ大きく段差があるのでプリンスにとって前が遮（さえぎ）られない最高の席。ステージに向かって斜めだし、隣のMさんともチョコチョコおしゃべりできて、とてもいい。

久しぶりに聞いた交響組曲『大和』はとてもよかった。小田さんの世界、やっぱり好きだわ……。

プリンスは、2時間近くもクラシックを静かに聞いているとは思えないから、うるさくなってきたらいつでも外に出ようと準備していたけど、大丈夫だった。たまにゴソゴソ動いたり、私にいろんなことを質問してくるのが普通の声なので、「シーッ」とさせることもあったけど、基本的には大人しくて驚く。プリンスの耳元で「○○は静かにしていて偉いねー、ホントに偉いよ」とたまに囁いていたら、「ママも偉いよーー」と返される。第2部の後半からプリンスは熟睡。

静かにしてて
ママもエライよ〜

コンサートが終わり、熟睡のプリンスを抱えて駐車場まで歩くのを覚悟していたら、Mさんが荷物を持って出口まで一緒に来てくださった。だが、外は土砂降り。そこで、さらに傘をさして駐車場まで来てくださることになった。

ヒールで17キロのプリンス（しかも寝ているからつかまってくれず、ずっしりと重い）を抱っこして、雨の中、よちよちと歩く。Mさんがいなかったら、雨の中、プリンスを抱っこしてとても駐車場までは歩けなかったので本当に助かった。

こういうとき、思うのだ。正面の席に座れなくて本当によかった、と。

Mさんの隣に座るために導かれたんだ、と。

横の席の方が実はよく見えることも知らなかったし。守られていることを感じる瞬間。

10月21日（木）

今日も忙しい。プリンスが幼稚園の間に仕事をして、今日はその後家族の用事もあるのであっちこっち移動。

最近ネットフリックスで見始めたのは『運命の交差点』。ネットフリックスのすごいところって、これまでご縁のなかった国のドラマが見られるところ。このドラマの舞台はトルコ。この言葉って、トルコ語？　トルコ語と似ている言語を調べてみたら、トルクメン語、キルギス語、カザフ語、ウズベク語、ウイグル語あたりだって……

遠い。

このドラマに出てくる、プリンスより少し年上の男の子がものすごくかわいいのだけど、周りの大人の彼への接し方を見ていたら、私はもっとプリンスを甘やかしていいかも、なんて思った。甘やかすというか、もっと自由にね、のびのびと。ドラマの中の設定だけど、日本と西洋の、子供への接し方の根本的な違いを見た感じ。私はプリンスに注意ばかりしている気がする。

10月22日（金）

今日は幼稚園の親子遠足の予定だったけど、雨で延期。

また？　明日からは晴れなのに。


夕方、たまに行くスーパーでバッタリ、弟の奥さんと姪っ子に会う。まだ1歳半。散歩がてら、このスーパーに初めて一緒に来たらしい。

プリンスは、従姉妹（いとこ）を前に、突然お兄さんっぷりを発揮しているので驚いた。優しく言葉をかけてあげて、優しい微笑みを浮かべて近づいたのに号泣し出したので、一転、むっつりと黙って見つめていた。今、泣く時期だから……ね。

10月23日（土）

今日は第43回ホホトモサロン。少人数制の語り合いの場。ひとりひとりの状況に対して、「私だったらこうする」というスタンスで回答させていただくお茶会。前向きな解釈や展望をたくさん話しているので、私もいつもエネルギーが充電される。

10月24日（日）

プリンスが友達と出かける今日。それっ、とばかりに夫と映画へ。『００７』シリーズの最終回。

最終回ということを私は知らずに見たので、最後、007が死んでしまうときにはものすごく驚いた。「は？　007が死んじゃうの？　そんなことあり得る？」とあわあわする。最後、007に子供ができて家族ができるなんて、意外すぎていいストーリーだった。このシリーズが終わるなんて、私も一区切りだわ、という気分。「リバイバルがあるとしたら、007の奥さんか子供が007として復活、という女性バージョンが見えるよね」と夫と話しながら、息子を迎えに行って買い物をして帰宅。夜はお寿司。

私はプリンスに、つい厚着をさせてしまう。でも子供は風の子だよね。

10月25日（月）

未来が見える系の人に、自分の未来を聞くのって、どんなに緻密に未来が見えて、信頼のできる「見える人」だとしても、やはり限界がある。何事も100％ということはない。たとえ90％くらいの的確な「見え方」だとしても、大事なところが残りの10％に入るかもしれない。何事も、依存したら、終わり。それよりも、自分の感性が答えを教えてくれている。

少し、体調が悪い。
仕事の合間もだるいので、
ちょっとソファに横になったら
そのままウトウトした。
目が覚めて、ドサッと床に落ちたので、
そのまま寝転んでずーっと空を眺める。

10月26日（火）

昼間はママ友と、たっぷりしたランチ。

夜はお世話になった友人にご馳走する。西麻布のイタリアン。

食べすぎだ。最近の私は、もう全くダイエットから遠のいている。食欲旺盛だし、食事の量は30代の頃よりも増えているのに、太らなくなったのが不思議。3食しっかり炭水化物を食べているのにね。

思うに、ダイエットを意識しなくなったからじゃないかな。どうでもいいと思っているから、変化なし、という、ね。体重計なんて、出産以降、一度も乗っていないし、自分の体重になど興味を持っている暇はない、という感じ。

10月27日（水）

昨日寝るときに、喉と頭がうっすら痛かったのだけど、起きたらやっぱり風邪を引いていた。昨日はプリンスも熱があり、今朝もまだ微熱なので幼稚園を休む。

ジュエリーの仕事で大きな新しいよき変化があり、これも、この数ヶ月の変化の一部だと思った。

午後、横になっているときに、「この体調の悪さは、頭が情報でいっぱいになっているからじゃないかな」とふと思った。絶対に熱がある感じなのに、何度測っても36度前半。それなのにものすごく頭が重い。

思い当たることがある。最近、寝る前にスマホでネットフリックスやYouTubeを見ていて、イヤホンをしながらそのまま寝てしまっていることがたまにあった。で、夜中にまだ再生していることに気づいて、寝ぼけながら切る、みたいな。

入眠時の、潜在意識に一番働きかける大事なときに、ネットフリックスのドラマの事件の場面とか、穏やかではない情報が知らないうちに入ってきていると思う。YouTubeだって、はじめは好きなものを見ているけれど、寝ているうちに違う映像になっていたり、広告的なものもあれば、ギャーギャーしているものもあれば……。とにかく、入眠時はゆっくりとリラックスしたものを入れるのが良いとされているのに、真逆な気がする。

少し控えよう。それから目を酷使しているところから来る血流の悪さもあるんじゃないかな。

「自分の体調を見て少し調節した方がいいわよ、サプリを飲むとか」とママさんに言われる。

たしかにね。私、とにかく今まで体のことはノーケアだったしね。ビタミン剤を定期的にとるくらい意識していいよね。

10月28日（木）

朝、どんよりとした体調のまま、返事をしなくてはいけない仕事のことを考えてうっすらと憂鬱になる。すると突然、「何も心配しなくて大丈夫」という言葉が浮かんだ。

そうだった、そうだった。今は存分に休もう。

プリンスはまだ咳がひどいので、もう1日、幼稚園を休ませる。コロナ以降、幼稚園の方も「無理せずお休みください」のスタンス。

それよりも私だ。回復の兆しが全く見えない。引き続き、安静にする1日。


自分の望むことが変わると、出会う人や起こる出来事が変わっていく。そして、これまでちょっと問題あり、という部分にどんどんメスが入って改善されていく。

驚くのは、順調に穏やかに進んでいた部分にまで変化が起こるということ。でもそれは、そこも新しい形にならないと、これから向かっていくことは達成できないから、ということだとよくわかる。実に面白い。その望みを持っていなかったときは、穏やかなこれまでの形でよかったのだろう。私が望むことを変えなければ、これまでのままの形で続いていったのだろう。

やはり、周りに起こることを変えていくのは自分の意識。

実にすごい……とか考えているときに地震が……。

「入ろう」とプリンスに誘導されて、机の下にもぐる。「震度3かな」とプリンス。

午後、ママさんに来てもらい、本格的にゆっくり寝る。

寝ながらYouTubeで音楽を聴いていたら、突然流れてきた『大地讃頌（さんしょう）』。

「あされん」というチャンネルの混合四部合唱だった。すごくいい。

10月29日（金）

やっと体調が戻り、幼稚園へ。

送り迎えの車中で、昨日の『大地讃頌』を聴いた。

10月は忙しかった。新しい会社との付き合いや、取引先の変更、今後のヴィジョンによる引き寄せなど、あっという間。

先日、あるWEB雑誌の取材を受けたのだけど、規制が厳しすぎて笑えた。

新刊の書影が載せられないのはともかく、HPのURLも載せられないなんて、取材を受けている側になんのメリットが？　もっと柔軟になった方が、結果的に媒体にとっても良いはずだけどね。「なんでも自由にしてください」というスタンスの媒体だと、こちらもどんどんその媒体を宣伝しようと思うのにね。

10月30日（土）

パレスホテルでHonamiちゃんと対談講演。

同席していたKADOKAWAの編集Kさんは、「同じことを、浅見さんは感性の方から話していて、Honamiさんはより分析的に話していて、それがすごく嚙み合っていてよかったです」と言っていた。

へぇ、そう……。Kさんの、その感想自体に好感を持った。

終わってから、1階のレストランの個室で乾杯。

Honamiちゃんも、10月はものすごく忙しかったらしい。聞いてみると、確かにそれは忙しい……そんなことが急に起こるなんて……というドラマチックな1ヶ月だ。

「未来に望むステージを変えると、それに合わせて自分の周りの全てが変わっていくから急に忙しくなるよね」

「未来の自分に合うように変わっていくよね」

という、最近考えていることと同じような話になる。

この半年で、「変化」というものが、より一層「自分ありき」の主体的なものに感じられる。

10月31日（日）

同じ幼稚園の子やその友達のファミリーと大勢でハロウィンパーティー。

プリンスは警察官の格好になった。ネットで注文した衣装には、帽子やネクタイ、ベルトまでついていて、よくできている。

ある初対面のママに対して、私が最近気づいたことをペラペラと話していたら、「それ、どうして今の私に言いました？」とびっくりした顔をされた。

どうやら相手の状況にマッチしたテーマだったらしい。

こういうことって、よくある。特にファンクラブ内や講演会で。今思いついたことを「どうしてこんなこと思いつくのだろう」と思いながら話してみると、相手の状況とぴったりで驚かれる、ということ。私が、相手の必要としていることを伝える媒体になっている、ということだよね。

今日は、この間から思っている、「占いに依存しないようにしないと……」という話をしただけなのだけど、たまたま彼女ものすごく思い当たることがあるようで、「なんで？　どうして今、それを言いました？　どうして？」とその後も何度も言っていた。

考えてみると、彼女は女優なので、こういうことを突然他人から言われることって、少ないのかもしれない。それに、変な「見える系」の人が近づいてくるのかもしれない……。

なんにしても、ふと言いたくなることって、相手がその話を引き出しているんだな、と思った。

11月2日（火）

幼稚園から戻って、散歩に出る。

今年初めのどんぐり。ビニール袋などを何も持っていなかったので、マスクで袋を作る。

11月3日（水）

今日は文化の日。1年中で快晴の確率が最も高い日だとテレビで言っていた。

確かに今日も晴天、寒くもなく暑くもなく快適。

夫がゴルフなので、朝からプリンスと2人、ゆっくりと。

プリンスはテレビを見て、しばらくするとパズルを始め、しばらくすると今度はレゴ。

私は新しく始める仕事の準備。

仕事でひとつ、気になることがあり、あまりよくない方へ進んでいる気がしているのだけど、この間のコンサートの日の、「はじめ席が見つからなかったけど、最終的に一番いい席に座ることができた」という流れを思い出し、「そうだ、これも完全にうまくいくんだった」と思い直した。


「ママぁ、グルグルって何？」とプリンスが聞いてきた。

グルグル……？

「ほら、これだよぉ」とテレビを指している。

Google（グーグル）のことだった。家の鍵や家電などをGoogleでカスタマイズする、というような広告が流れている。

「カギをグルグルすればなくならないって言ってるよ」

とプリンス。私がよく鍵を探しているからね。

11月7日（日）

紅葉の黄色い葉っぱと緑の葉っぱが交じり合って、とても綺麗。

紅葉しつつも、日が出ているとまだ充分にあったかい。

プリンスが麦わら帽子をかぶり、サングラスをかけ、大判のバスタオルをいくつか抱えて、廊下の向こうからズンズンと歩いてきた。

「ちょっとビーチへ」

とか言って、ベランダに敷いたタオルの上に寝っ転がっている。

「本、持ってきてーー」と言うので、ついでにジュースも差し入れたら、「いいねぇ!!」と嬉しそうなので、ハワイアンをかけてあげた。

11月10日（水）

来月、温泉にでも行こうということになり、早速北陸の温泉を調べている。

福井県の恐竜博物館が素晴らしいという話を聞いたので、それと温泉を組み合わせて北陸地方へ、ということになったのだ。レンタカーで動こう。

車の鍵が出てこないので、新しいのをもうひとつ作ってもらった。これで快適。

11月11日（木）

今日、とてもいい出会いがあった。長年の私の知人がオフィスに連れてきた人なんだけど、なんと言うか……多分、波長が合うんだろうね。

11月14日（日）

最近、肩こりがひどい。眼精疲労によるものだと思うけど、夜中も肩こりで眠れないときがある。考えてみると、昨日も夜までZoomの収録と打ち合わせがあったし、仕事がスマホで済むようになったので目を使いすぎ。前は効果があった「アリナミンEX」も効かなくなっている気がする。これはなんとかしなければ……。

以前通っていたビタミンの先生は、今東京にいなくなってしまったので、自分で考えよう。目に良い成分はルチンとブルーベリーだとママさんが言っていたな、とか思っていたところに、キッチンの棚の奥から「ルチン」と書かれたビタミン剤の瓶が出てきた。多分、ずいぶん前にビタミンの先生のところでいただいたものだ。まずはこれを飲んで、その間に次の手を考えよう。

毎晩、夕食の席で「今日楽しかったこと、嬉しかったこと」を3つ、それぞれが発表する、というのをしている。ひとつでもいいんだけど。

最近の私は「探していた○○が見つかったこと」とか、「なくなっていた車の鍵をもうひとつ作ってもらったこと」だとかが続いており、今日は「目にいいビタミン剤が棚の奥から出てきたこと」と言ったら、プリンスに「ママの毎日、もっといいことないの？」と聞かれて、夫と爆笑。

あるよ、あるんだけどね。今日一番嬉しかったのはそれだったの。

11月15日（月）

目のことだけど、視力もかなり落ちている。細かい字が見えなくなったし、文庫本も、前よりずっと遠くに手を伸ばさないと焦点が合わない。「暗いから明るくしたい」なんてよく思うし……。これはもう眼鏡をかけないとダメだ。

前に買った、気に入っている老眼鏡があったのだけど、見当たらないからまた買いに行こうか。あ、これもまた「見当たらないもの」だ……とか思いながらプリンスを幼稚園に送り、帰ってから「まぐまぐ」の連載原稿を書き、YouTubeの撮影をして、プリンスのお迎えに行ってそのままお稽古に送り、その間に夜の撮影の準備をする。

今日は、クリスマスカードと年賀状のための家族写真を撮ってもらう。

この間、みんなで考えた洋服のアレンジに変更が出たので、新しい組み合わせをトランクに詰める。

息子をお稽古先に迎えに行き、急いで夕食を食べさせていたら、「僕がトランクに詰めたかったぁ（泣）」と言い出したので、もう一度全部詰め直し、タクシーで急いでスタジオへ。


カメラマンのMichika Mochizukiさんは、今年の初め、雑誌の取材で知り合った人で、すごく素敵な方だ。自然体で、好き。

いろんなポーズで何カットも撮ってくださった。3人でジャンプするおふざけシーンとか。

「クリスマスの格好以外に普段の服装で、ご夫婦の写真も撮りましょう」と言われたのだけど、私は本当に「普段の服装」だったので、さっきクリスマスプレゼントにMichikaさんに渡したショールを、急いで肩に巻く。

Michikaさんって、本当に愛がある。ふと気づいたら、「今度、うちにディナーにいらっしゃいませんか？」と誘っていた私。

11月16日（火）

今日はまず、幼稚園の懇談会。

普段使っているお教室で、子供たちの日頃の取り組みについてのお話を、担任の先生からじっくりと伺った。ひとつひとつの作業やワークにきちんと目的や意味が込められていて、本当に感心する。日々の取り組みやカリキュラムが素晴らしいこと、これがこの幼稚園を選んだ理由。そしてお母さまたちが、皆さん、とてもいい。

急いで戻って、打ち合わせと取材。

それから、来年出る日記『毎日、ふと思う』の作業。

11月19日（金）

夕方の4時半頃に東京を出て、軽井沢へ。今回のメンバーは私とプリンスとママさんの3人。途中、混んでいたけど、車の中でしりとりなどして和やかに到着。

夕食は、途中で買ってきた出来合いのもので済ませる予定。

私がテーブルの準備をしている間に、ママさんが暖炉に火を入れる。「あぁ、森のおうちはやっぱりいいねぇ」というプリンスの言葉に癒される。

お風呂場で、私の老眼鏡を発見！　すごく嬉しい。見つからないので諦めて、前に親のために買った「左右の度数を調節できる眼鏡」を使ってみようとしていたところだったので。あの高級眼鏡よりも、この方がずっと見えるしデザインも好き。２０００円くらい。

早速その眼鏡を持って、お風呂の中で本を読むしあわせタイム。

11月20日（土）

こっちに置いてあった本をパラパラと読んでいたら、いいことが書いてあった。「不安や心配や敵対心などの余計な心を持たなければ、一切の病や体の衰えはない」というようなこと。「だいたい、健康についてほとんど考えていない人の方が健康なものだ」とか。「心が若ければ体の衰えはない」というような。

今の私に響いた。そうだよね。もう目について深く考えるのはやめた。

朝食を食べていたら、隣の家の遠くの方から、落ち葉を掃除する音が聞こえる。

「うちの落ち葉もお願いしようかしら」とママさんが話しに行き、隣が終わったらうちもやってもらえることになった。

「ついでに薪の運搬も頼んでおいたわ、適当に補充しておいてくれるって」

ずっとお願いしていた植木屋さんが、ご商売を閉じることになったので、新しいところがスムーズに見つかってよかった。

ツルヤとカインズホームへ買い出し。軽井沢に置いておく息子のクレヨンや画用紙、あとは木工用ボンドと、瞬間接着剤と、修正液、スティックのり、新年の書き初め用の半紙。

帰って、お昼を食べてから昼寝する。

目が覚めたら夕方。途中からプリンスも私の隣にもぐり込んで寝ていたみたいだけど、全く気づかなかった。東京だとそんなに深く寝ることはない。

ちょっと前から、たまにBGM的につけていた映画『男はつらいよ』のシリーズ。この何回かは、若かりし頃の後藤久美子が出てきている。彼女演じるマドンナが、家庭環境や学歴のなさによって就職ができないという場面があった。妹役の「さくら」

も、「女の場合は両親がいなかったりすると大企業には受け入れてもらえなかった」とか言うのを聞いて、あの時代の女性の生きづらさを思う。よかった、今で。

11月21日（日）

フー、体がこりかたまっているので、起きてすぐに散歩へ。プリンスも来るというので、2人で林の中へトコトコと。

紅葉はもう終わったね。落ち葉やどんぐりも枯れてきている。近くをクルッとまわりながら、分かれ道ではプリンスが棒を倒して倒れた方へ歩き続ける。ああいう別荘もいいなぁ、とか思いながら。

神社に寄って、お参り。「何をお願いしたの？」と聞いたら、「Mちゃんが大きくなりますように」だそう。Mちゃんは、姪っ子。

商店街の方は結構、人がいる。

パンを買いたいと言うので行ってみたら、パン屋も混んでいた。家に戻ってきたら、読者らしき人が柵から裏庭の方をのぞいていたので隠れた。会話が聞こえてきて、やっぱり読者さんだとわかる。

ずいぶん歩いたな。

午後は、2階のテラスの落ち葉を掃除。「僕が全部やってあげるからー」と下からプリンスの大声が聞こえてきたので、半分ほど片付けたところで交代する。たまに様子を見に行く。「意外と綺麗になっているでしょ？」なんて……最近のプリンスは「意外と」という表現がお気に入り。「プリンスのおかげですごく綺麗になったわー」と言ったら、「ママがやってくれたところも役に立ってるよ」とか、慰めるように言ってくる。フッ、こういうとこ（笑）。

それから、いつかここでダイナミックに飾ろうと思っている大きな鳥籠のようなものを拭く。以前、友達のお店で吹き抜け天井にぶら下がっていたもの。ここでは、気をつけないとすぐに湿気がたまってカビがつくので、しっかり拭く。

あとは夕食まで寝室で本を読んで過ごした。そしてとても開けた気持ちになり、明日の連載「まぐまぐ」も書く。

11月22日（月）

昨日は寝る前に「健康について必要なことを思いつく」と意図して寝た。

そして今朝、起きてすぐに浮かんだのはこの言葉。

「東京の家の寝室をきれいにしないと！」


それが体調のよくなるきっかけ、ひいてはこれから向かう全体にとって必要なことなのだろう。

よし、と鼻息を荒くしてリビングに行き、久しぶりにチベット体操をする。

体が強靭（きょうじん）にしなやかになっていく様子を思い浮かべながら。

そして起きてきたママさんに今朝思いついたことを話す。

「とにかく、起きたときにインスピレーションが湧いたらそれをすぐに行動に移すっていうところが大事」と繰り返した。そのインスピレーションをたどっていくと、次の道が拓かれそう。

それはこんなイメージ。宇宙から私たちひとりひとりに管が伸びていて、自分（その人）が望む方向へきちんと采配（さいはい）してくれているということ。いつもつながっているので、それに必要な情報を日々降らせてくれている。朝のインスピレーションもそのひとつ。だからそれが来たらすぐに行動に移さないと。

それを繰り返していると、例えば体についてだったらどんどんしなやかに強くなって、体に有害なものを結果的に受け付けなくなる気がする。有害なものを意識的に体からシャットアウトすることがスタートではなく、私の場合は、インスピレーションや直感を行動に移したり、モヤッとしたことを宇宙に預けて身軽になったりしていると、結果的に有害なものを受け付けないようになる気がする。自分のやりやすい順番、進み方ね。

軽井沢に来ると、いつもなんだかんだ深まる。

11月29日（月）

フー、忙しい。日記、1週間ほど空いてしまった。

今、これからの数年に向けていろいろなことを構築しているところ。

隙間時間でパーソナルトレーニングの体験を受けに行く。

しばらく続けてみよう。それにしても、たった数十分の体験でも体を動かすと気持ちがいい。体験の後、急に体が柔らかく疲れが取れて、元気にプリンスを迎えに行く。体が動きたがっている感じね。

↓続かなかった

11月30日（火）

今日は幼稚園の遠足。2回も雨天延期になり、いつの間にか肌寒い11月末になっていた。寒くなったのでお弁当もなくなり、みんなで公園内を散策して、そこから一緒に幼稚園に戻って解散という、正味1時間半。

それでも充分に楽しめた。みんなで遊ぶところを見ると、自分の子供の性格がよくわかる。私の幼稚園の頃に似ているなぁ、しみじみ思う。遺伝……自然とその言葉が浮かぶ。

幼少時代の私自身を振り返ってみると、ひとつひとつの行動について、自分でいろんなことを感じたり考えたりした結果、その行動をとっていた。決して意味もなく、それをしていたわけではない。多分プリンスも、今こういうことを感じて、だから結果的にそういう行動になっているのだろう、ということがよくわかる。

なので、すべては成長過程。彼の中でいろんなことを感じている途中。

遠足の後、ママ友のひとりとランチ。12月にするクリスマス会の打ち合わせ。一緒にクラスの幹事をしているので。

そこで思わぬことが判明。このママ友とびっくりする共通の知り合いがいた。私の親戚と、彼女がものすごく仲がよかったとわかる。たしかに、同じ会社か……。「知っている」くらいではなく、「それは本当に仲がいいね（笑）」という関係性。

「世間は狭いね」ばかりで社会が成り立つことはよくあるけど、意外な方向から来たので笑えた。もはや、ランチの話のメインはそれになった。

12月1日（水）

今日の午前中は、やっと少しゆっくり。

たまっていた家族の雑用をする。

あることについてものすごく詳しい人は、それについてほぼ初心者に近い人には言えることがなかったりする。

差がありすぎると、「究極のアドバイスはこれだけど、それは初心者には意味がわからないだろう」ということになる。だからどうしても相手に合わせたアドバイスになるけど、仕方ないよね。相手から見たら、「どうして究極の方を教えてくれないの？」と思うかもしれないけど、そこにいたるまでの過程をきちんと体験するからこそ、その意味がわかるというものだ。

それでもその「究極の方」を教えてあげる方が良いか、今の状況に合わせたことを言う方が良いか、それは相手の性格や状況、お互いの立ち位置や関係にもよる。

そして何を言っても言われても、受け取る人は受け取るし、わからない人はわからない。

12月2日（木）

今朝、朝食にゆで卵を食べているとき、プリンスに「これは鶏の卵だよね？」と聞かれた。「そうよ」と答えると、息子が卵を見つめてしみじみと言った。

「ニワトリさん、ありがとう」

私のダイジョーブタのグッズを売っている「ＳＵＺＵＲＩ」というサイトがあるのだけど、サイトの表記に「６日前後で発送」とあるのに、実際は13日もかかっていることがわかった。

今回、私がいろんな種類を大量に注文したので全部一括配送だと時間がかかるのかもと思い、ひとつのアイテムを数個にしてみても結果は同じ……。それなら、はじめから表記を「６日から○日」と幅を持たせて書くべきだ。表記について運営会社に連絡し、こちらは使いたい日に間に合わないのでキャンセルして、ダイジョーブタの別のグッズにすることにした。

あら〜
いいこと言って♥
ジ〜ン

来年春のハレクラニ沖縄さんのハワイイベントで講演会の依頼をいただき、喜んでお返事をさせていただいたのだけど、講演会とあわせてファンクラブツアーもお願いすることにした。

今日の3時から初顔合わせで打ち合わせだったけど、ハレクラニの方々、すごくよかった。ずっとメールでやりとりしていたIさんは仏顔で(^^)、昔から私の本やサイトを見てくださっていて、私がハワイのハレクラニとも縁が長いことを知り、沖縄のハレクラニができたときに「いつか何か企画したい」とずっと思ってくださっていたことを知り、本当に嬉しく思う。

営業のKさんは温和で優しく、ファンクラブツアーが素晴らしいものになりそうでワクワクした。あぁ、楽しみ。最近の中で一番嬉しい依頼かも。

12月5日（日）

姪っ子のMちゃんが遊びに来た。前回と同じく、プリンスはMちゃんの前では急にお兄さんになる。気を使って話しかけ、おずおずとおもちゃなどを貸してあげていた。

写真まで、急にお兄さん顔で写っている。Mちゃんは本当に目が大きい。

12月9日（木）

来週にある幼稚園のみんなとのクリスマスパーティーについて、お母さま方が、子供たちと一緒にするゲームを考えてくださった。幼稚園でやっている「Who am I?」というクイズをアレンジして、3つのヒントから答えを当てるゲーム。問題も考えて、ゲームに必要なパネルなども作ってくれた。

今、深夜。アマゾンプライムでやっている『バチェラー・ジャパン』の新シーズンを見ている。はじめ「今回のシーズンは面白くない、まずバチェラーがカッコよくない」とか思っていたけど、「見ているうちにだんだん好きになってくる」というのがこの番組の醍醐味（だいごみ）ね。

参加者だって、はじめは「好きになれるかな」という状態の人も多いのに、いつの間にか「この人しかいない」という心理状態になっていく。

12月10日（金）

パリで出会ってすっかりハマった「シャテル」の靴のセールがあったので、4足買う。

子供と一緒に動き回るぺったんこ靴の中では、断トツに好き。

12月12日（日）

友人を3人招いて、自宅でクリスマスパーティーをする。

近くのレストランのフレンチのシェフが、ケータリングを届けてくれた。

このメンバーはよく食べるので、メインに牛フィレステーキの他にアワビのステーキも頼んでおく。前菜は車海老。

たっぷり食べて飲んだ。

12月16日（木）

幼稚園のクリスマス会。

プリンスは舞台の最前列で一生懸命、歌っていた。年長さんが第九（歓喜の歌）を披露してくれて、第九にハマっていたプリンスはビックリ。

幼稚園が終わってから恵比寿の会場へ移動して、クリスマスパーティー。

みんなすごく楽しそうだ。

興奮した食事の後、例のゲームをやった。最後の問題の答えを「サンタさん」にしておいて、そこでサンタ登場。園児のお父さまにお願いした。いろんな動画を見て、サンタを研究してくれたらしい。完璧。楽しかった。

フー……。家に帰って一段落。今日は朝からずっと子供の用事で動き回っていたのに、疲れていない。むしろ活発で心地よい。この数年、体を使ってなさすぎたのかも、と思う。

12月17日（金）

今日は、ファンクラブのクリスマスパーティーの最後の準備。プレゼントと部屋のデコレーションの最終チェック。

終わってから息子のお稽古へ。その後にデパートへ。

クリスマス前のデパート、車もなかなか混んでいる。この感じだと、デパートに着くのが5時、用事をひとつ済ませて出るのが5時半、まぁ、6時には家に帰れるな、と思う。

そして、6時ちょうどに家に帰ったときに、ふと思った。

「決めていたことが実現する」と。

2021年7/23 第九指揮→寝る　が車中のパターン

7/29 いろんな物が流れる

8/26 サマーキャンプ。
外で水鉄砲なのにマスクって……

7/31 思えばその数日前の
ダッシュからピキッと来てた

7/31 この川で、この後に……

8/19 コロナ禍ハワイ＠東京
毎日プール、毎日アメリカンフード
毎日、毎日……
ボク、プールに
住みたいんだよ
9/2 パソコン

10/9「かっこいい」とため息

10/31 7家族でハロウィン
パパたちがよかった笑

ベランダでゴロゴロ

11/2 マスクバッグ

12/22〜23
福井県
恐竜博物館
すごいエスカレーター
ドイツ製トイレ
旅館の展示室

11/15 家族写真
こんな加工が
あるとは……笑
BASSAR
10
BEST
PIECES
TO BUY
BEAUTY
GET
GREAT
SKIN
THE
SHOE
& BAG
TO OWN
COLLECTIONS
STYLED BY
CELEBRITYS
GLAMOU
the
SUMMER-LOV
VEGUE
HOW TO
STANDO
SOAP OPER
What realy
happens to
your dry-
Fashion
Rocks!
ホームパーティー
12/18 ホホトモクリスマスパーティー
幼稚園のクラスのみんなと
友達と洋服かぶる(⌒‿⌒)

2022年

ハレクラニからの
干支の置物

1/13 この冬一番
……のこれ
マスクで目隠し

1/6 東京も雪

1/29 マグカップ、
お香皿

プリンスの
大作

積善館

この旅館で描いた
デッサンが
3ヶ月後に

1/28 お蕎麦屋さんの

この頃、好きだった遊び「ぐりとぐら」をライトボックスで模写

1/20 DMM

3/25〜 ホホトモ最後のツアー　@ハレクラニ沖縄

バスガイドも最後

リボーン
ホホトモ最後のディナー
カキノハナヒージャーへの水路
「A Tale of Two Halekuranis 2022」での講演会
古宇利島のハート形の岩

ここからは日記には載っていない2022年春から2023年秋まで

5歳の誕生日。おじいちゃまからのプレゼントは
モルモットと砂時計（なぜ……？）

毎日ふと思う22の表紙

2022年夏
沖縄へ（前日夜、39度の高熱↓）
1日1組のすごい
豚しゃぶ屋さんへ
パパの誕生日を友達とサプライズでお祝い
動してプリ
スが泣く(笑)
ジャジャーン
音楽で入場
空いている部屋で絵を描く
自動

七五三

2023
GW 函館へ

北海道新幹線

講演会衣装合わせ

グランクラスに乗ってみた

子牛にミルクとバター作り体験

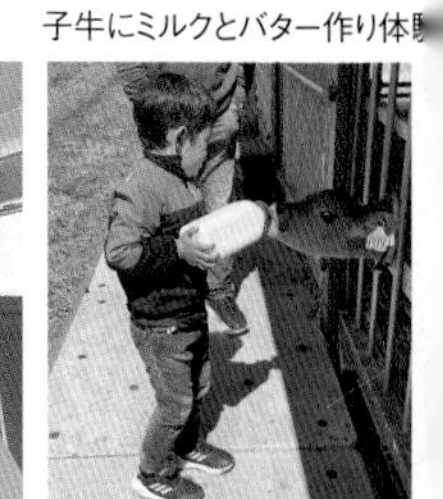

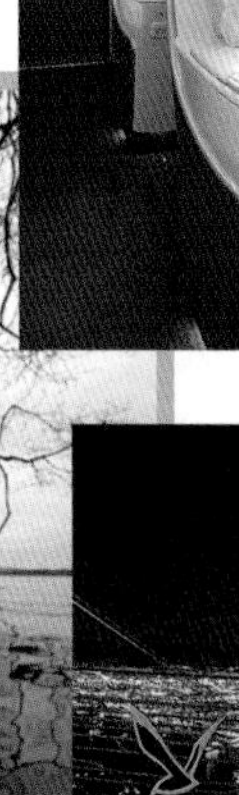

乳搾り
牛、プラスチック笑

函館山の夜景

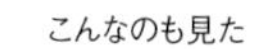

こんなのも見た

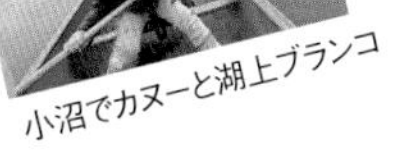

小沼でカヌーと湖上ブランコ

仕事はバージョンアップのお休み期間

種子島宇宙センター
浮いてます

ビーチクリーン

友人のクルーザーで海釣り

カサゴ、揚げ物にしたら3切れ

アサガオ咲いた

キャンプご飯、
成功！

リサイクル工場見学

なぜかバーベキューになるとお腹を出す

2023 夏 いろいろの一部

メイキング・オブ・ハリー・ポッター

初の公衆電話で私にかける

早朝ランニング……
ウォーキング

リンス作「食べられるネックレス」
ーモンドチョコが下がってた……

工作好き

ママ抱っこ　@運動会

絵画教室で

ジージ（85歳）と庭で

軽井沢でリラックス、
クッション積み過ぎ

2023年12／24ヨット解体

幼稚園で
作ったランタン

飛べるはず

幼稚園で作った
リース

2023年

2022年

2021年

2023年　12/2　キャメレオン竹田ちゃん宅に
遊びに行く度におかしなことに……笑

2024年へ年末&年越し
@ハレクラニ

カウントダウンパーティで

突然踊り出したプリンス

17 ファンの
に頂いたレイ

1/5 やっと帰れた東京

1/4 朝食

2/28 サロンの宇宙ミーティング　@リッツ・カールトン東京

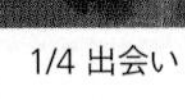

1/4 出会い

この半年、「私がこう決めていたからこうなったのだろう」ということが多すぎた。良いことも悪いことも、全てが自分の決めた通りになっている。

「方法はわからないけど、必ずそうしよう」と思っていることは必ず方法が見つかったし、「こうなったら困るな」と言っていたことも必ずそうなった。肉離れもそれだよね。そして、「屋久島、コロナだけど行って大丈夫かな」という不安が具現化。行かなくて済む理由が起きてくれたのだ。間違いなく、「決める」とそうなる。


そう言えば、私の有料メルマガ「浅見帆帆子の宇宙につながる話」が、今年のまぐまぐ大賞の「自分磨き部門」で1位をとったらしい。

そうか……よかった。投票してくださった読者の皆さま、ありがとうございます。

これを機に、「まぐまぐ」の連載を終わりにさせていただこう。この媒体でできることは十分にやった。夏頃から思っていたのだけど、この受賞で、「満足感」も「達成感」も「責任感」も満たされた。

12月18日（土）
日本海側は昨日から大雪。

雪国の、深々と降り積もる雪をしばらく想像する。

今、夜。これからファンクラブのクリスマスパーティー。

今年の衣装は、2年ほど前にC姉さんがくださった「TADASHI SHOJI」のドレスにした。胸のあたりの飾りがエレガントで、近くに寄らないと繊細さがわからない（舞台上だと見えない）ので、オンラインにぴったりだ。

フー……予定通り3時間、9時過ぎに終わって、途中でちょっと出演してもらったキャメレオン竹田ちゃんと、改めて乾杯をする。

「ホホちゃんって、ほんっとに完璧にやるんだね」だって。

みっちり、しっかり、手を抜かずに濃くしゃべる、ということらしい。

……まぁ、そうね、確かにみっちり話すし、濃いかもね。でも「偉いね」ではなく、そういう性格なのよ……。

そこからいろんなことを夜中の12時まで話して、キャメちゃんは来たときと同じく、フワフワワフワワーンと帰っていった。

12月19日（日）

なんだか、肌がツルッツル!! 昨日は遅くまでお酒を飲んで話し込み、自宅に戻ってからも興奮していて、そこからネットフリックスを見て寝たのは3時。それなのに体調が良く、肌もプルプル。昨日、未来の楽しい話をたっぷりしたからか……。

プライベートのクリスマスカードを30通ほど書いた。

あさってから温泉に行くので、旅館に電話して雪の状況を聞く。

まず、大丈夫とのこと。

「積雪は9センチ程度だったので……ほとんど積もってないですよ」だって。よかった。急に楽しみになってきた。

12月20日（月）

最近、毎日が素晴らしく楽しい。現場の作業も何もかも。

来年からDMMで新しくオンラインサロンを始めようと思っているのだけど、その全体像が見えてきた。ワクワクする。居心地のいいサロンにするのだ。

日曜の大河ドラマ『青天を衝け』で、若き渋沢栄一が、新しい何かに興奮するときに胸のあたりを指して「ここらへんがグルグルする」という表現をするんだけど、それってこういう感じだと思う。グルグル＝ワクワク。

まぐまぐ大賞の1位受賞へのコメント依頼があったので、書いて送る。読者の方々からの感想に「日常の例を書いてくれるところがいい」というものが多くて、そこが嬉しかった。私のメルマガは、日々にある、とても日常的な実例を敢えて書いているので、たまに「こんな一般的な、特別感のないたとえ話で大丈夫かな」と思うことがあったけど、それで良かったんだ。

この「まぐまぐを終了する」ということについても、「自分が決めるとそうなる」というのを感じる。自分の中で、「こうなったらやめる」という「やめる条件」を決めていた。決めたのは今年の夏頃で、当初の私の感覚では、「来年の半ばくらいでやめることになるかな」と漠然と思っていたのだけど、私がはっきりと「年内にやめよう」と決めた途端、その条件がみるみる達成され、そこへ受賞も重なってきっかけができた。

やはり、はっきり決めると動きが出る。

午後、先月出会った「すごくいい感じで波長の合う人」が遊びに来た。

10年以上前からの知人（男性）が連れてきた人なんだけど、様々な方向に深い話をずーっとしていても、飽きない。YouTubeについても具体的なことをたくさん教えてくれた。

この「きちんと先を見ている感」がいい。まぁ、この人は根底に起業家の魂があるので、当然なのだけど。そして、出し惜しみがなく、思惑がない。

多分、人との距離感が私と似ているのだと思う。そう、人との距離感が自分と似ている人とは友達になりやすい。コミュニティの中で、例えば誰とでもすぐにお茶をしたり食事をしたりしてあっという間にネットワークを作る人がいるけど、私はそういう人とは深くまで仲良くならない。本質的に違う人、と思って眺めている。他人との距離の取り方が違うからだ。

でも……それは同性の場合で、異性の場合はグングン距離を縮めてくれる人の方が友達になりやすかったりするから、一概には言えないけど、恋愛ではなく友達の場合は、やはり人との距離感が一緒の人が安心。


1日、動き回った。

夜、あさってからの温泉旅行の準備をする。

今回はパッパと。プリンスが寒くないことだけを考えて手早く。

12月21日（火）

幼稚園で、お昼の後にお腹が痛くてしばらくトイレから出られなかったそうなので、幼稚園の後にクリニックへ。明日から旅行なので、整腸剤や万が一発熱したときの解熱剤などをもらう。

お腹が痛いのが、旅行に出る前でよかった。

夜は、ビーフストロガノフを時間をかけて作る。

12月22日（水）

ママさんとプリンスの3人で、新幹線で名古屋へ。

名古屋から電車でJR福井駅へ行って、そこからレンタカーで恐竜博物館へ。

今回は、この恐竜博物館に来るのが最大の目的。

近づくにつれ、雪景色から恐竜がのっそりと顔を出していてテンションが上がる。

入り口を入ると、ドーム型の巨大な吹き抜けホールの真ん中を、地下深くに潜っていく巨大なエスカレーターがあった。これだけで、この博物館の規模がうかがい知れる。

地下に着き、暗闇を通り抜けて、驚いた。

なにここ！！！　こんなすごい博物館が日本にあるとは……。

実物大のティラノサウルスが、目の前でリアルに動いていた。この滑らかな動きは……ＡＩか。皮膚の感じ、細かい手先や心臓あたりの動きまで、本物のよう。

プリンスははじめ、恐すぎて近づけなかったほど。すぐに慣れたけど、いつまでも口を開けて眺めている。もう、ここだけでもいいよね。

驚くのは、こんな本物みたいな動きをするすごい恐竜たちが、あちこちにいること。次のコーナーでも、その次のコーナーでも、画像と細かい展示とリアルな標本の恐竜たちの見事なパフォーマンスが繰り広げられている……感心。

「これはさ、まずこの広さがないとできない博物館だよね」

「そうね、土地が余っていないと」

と、ママさんと「よくできているわねーー」を連発して進む。

とても見応えあり！　この数年？　いや、これまで見た日本の博物館の中で断トツじゃないかな……。

上の階に、私が個人的に好きなコーナーがあった。

その近辺でとれる天然石や原石の展示コーナー。

ひとつひとつをゆっくりと見る。薄い緑色の半透明な原石に惹かれる。

石の世界、いいなぁ。今後、ＡＭＩＲＩでももっと天然石を増やしていきたい。


プリンスも私たちもたっぷりと堪能して、旅館にチェックインした。

今回の旅行は１ヶ月ほど前に突然決めたので、もうここしか空いていない、という旅館。それなりに「大丈夫だろう」という感覚はあったけれど、なんと言っても審美眼の高いママさんのお眼鏡にかなうかどうかはわからず……。「あまり期待しないでね」と何度も言って宿に着いた……ら、思った以上によかった。

玄関口のあたりから、「よかった、大丈夫そう」と私は思った。入り口のどことなくの雰囲気から、まず、いい！

部屋に案内されている廊下の途中で後ろを振り返ったら、所々に置いてある掛け軸や調度品をジッと眺めていたママさんが、こちらにオーケーサインを出していたので大丈夫そう。

部屋に入るなり、「ここは……いいわよ」とか言っている。

「玄関のところに雪避けに藁が敷いてあったでしょ？　あれを見たとき、あ、結構行き届いたところじゃないかしら、と思ったのよ」らしい。

館内には、骨董品や陶器が展示されている小さな美術館のような部屋もある。談話室のようなスペースも、昔の古き良きしつらえ。

そして夕食！ これが思った以上にきちんとしている。

私は机いっぱいに並べられる懐石料理（どこでも大して差のない、可もなく不可もないような、お刺身があり、最後は小さな鍋に点火されるような）を想像していたのに、一品一品運ばれる料亭のお料理。はじめの一皿は「香箱カニ」だし。

このギュッと身の詰まった香箱カニ。プリンスの洋食プレートも、料亭の板前さんが作る「ザ・美味しい洋食」だ。

仲居さんの話から、ここの料理長は、なんと東京のよく知っている料亭で10年以上修業をした人であったことがわかった。以前、夫からよく名前を聞いたお店。なるほどね……納得。

「あなたのステージが上がったから、ネットでここがいい！ ってパッと思ったところが、こんなにいい旅館だったのよ」

とかママさんが言っているが……確かにそうかも（笑）。いつも通り、感覚だけで決めたからね。

満たされて部屋に戻り、大浴場に行ってみる。よし、誰もいない。

あぁ……雪の中の露天風呂……最高。

プリンスは露店風呂自体が初めてなので、中と外を行ったり来たり。外に出るときの「さむさむさむさむ」と、中に入ったときの「あぁ、あったかーい」を何度も繰り返している。

12月23日（木）

朝早くに目が覚めたので、部屋についている露天風呂に入った。

そこで、来年出すお財布のデザインについて、すごくいいのが浮かんだ。しばらく熟成させていたもの。

ガバッと出て、絵を描く。

旅館の人たちと名残惜しく話をして、チェックアウト。

最後にもう一度、美術館のような小部屋に行って写真を撮る。

そこから、日本自動車博物館というところへ行ったのだけど、これがまた、なんでこんな場所にこんなにすごい博物館が……という圧巻の品揃えだった。巨大な倉庫のようなところに、ビッシリと車が並んでいる。実際に触れるものがほとんど。映画『ALWAYS　三丁目の夕日』の頃に走っていたリヤカーみたいなものから、日本の昔のスポーツカーなどまで、すごい数だ。日本の自動車の歴史という感じ。ここから撮影に貸し出されることが多いらしい。

そして何気なく入ったトイレは、世界のトイレ展示会のようになっていた。いろんな国の便器が並んでいて、実際にそれを使う。私はドイツ製が好きだった。

石川県、なかなかすごい……。

12月24日（金）

昨日帰ってきて、今日は旅行の疲れを取るためにゆっくり、なんて思っていたけど、世の中はクリスマスイヴ。

プリンスとケーキを作る約束をしていたので、デパートへ買い出しに。

ホールのローストチキンを買って、キッシュと温野菜だけ家で作る。ちょうど立派なイチゴをたくさんいただいたので、それを使ってケーキ作り。

イチゴで顔を作るという個性的なイチゴケーキが出来上がる。

夕食後、プリンスはサンタさんへの飲み物や食べ物をリビングのテーブルに用意して、大騒ぎしながら、寝た。ベッドで寝る直前まで「サンタさんは今どこにいるんだろう」とか「寒いからあったかい飲み物も用意しとかないとね」とか「ストローに雪だるまをつけといたから、見といてね」とかさんざんペラペラ話して、3秒後に寝息……フーッ。

12月25日（土）

朝5時頃、プリンスは大騒ぎで起き出し、枕元にかけていた靴下の中からお菓子を見つけると、そのままリビングに走っていった。

そして「食べてるよ、なくなってる」と、小声で知らせに来た。

サンタさんからは複雑な工作の積み木のセットのようなものと、『カーズ』のラジコン。

早速、ラジコンが家中を走り回り、本人も走り回っている。

私は夫と2人、この数日の忙しさを思ってボーッとする。

夜は、家族プラス私のママさんでクリスマスのディナーへ。

終わってから庭に出て写真を撮る。

そう言えば、今日の午後3時頃の空の光と雲がとても綺麗だった。

12月31日（金）

大晦日です。

お節（せち）も届いたし、掃除もしたし、もうやることはなくなった。

私は今年1年で、人生の目標というものがやっとできた。大きなやりがい、先のヴィジョン、ぶっ飛んだ夢。

正直に言って、これまでそういうことを考えたことがなかった。独身の20代30代は、出版社の流れに乗って、ただ目の前のことをしていた。もちろんファンクラブとかジュエリーとか、その時々でやりたいことは常にしてきたし、いつもとても楽しかったけど、先までつながった長い目標や計画のようなものはなかった。もっと単発的な感じだった。

それが今は、はっきりとある。

それが生まれた途端、やりがいが生まれた。この毎日感じる日々の張り合い。

それを未来に実現できるかということを夏に宇宙に確認したら、答えが来たし。ほら、あの「〇〇〇という言葉を聞くかどうか」という実験。

食べ物がたっぷりあって、のんびりと紅白歌合戦を見る理想的な大晦日。

でも今日の夜中の00：00に穴八幡宮の「一陽来復（イチヨウライフク）」のお守りを貼るので、万が一に備えて目覚ましをセットした。

2022年　1月6日（木）

明けましておめでとうございます。

あっという間に6日が経ち、今日、軽井沢から東京に戻ってきた。

元旦は、00：00の瞬間にお守りを貼り、お節料理をいただき、そのまま軽井沢へ出発。向こうでは暖炉の前で年賀状を読み、お正月の遊びを一通りなぞり、そり滑りをしたり雪遊びをしたりして、穏やかに過ぎた。

そして東京に戻った今日、ここは雪が降っている。

この冬で、プリンスはいざというときにとても頼りになることがわかった。これからますますそうだろう。そう思うと楽しみ。

1月13日（木）

お教室で「冬休みに楽しかったこと」を聞かれたときのプリンスの答えは、「福笑い」。何回もクリスマスパーティーがあって、サンタさんも来て、お節を食べて初詣も行って、そり滑りも雪遊びもしたのに……「福笑い」。

YouTubeを撮って、オフィスの片付け。壁に、去年撮った新しい写真を加える。

1月14日（金）

午前中、KADOKAWAの編集者とライターさんとほなみちゃんが来る。

新刊のタイトルや表紙の方向性などを相談。

午後は3月に出すお財布を作ってくれる会社へ。

私がイメージしているものを作るための革があるか、まずはそこから。イメージしているものを、しっかりと伝える。

今、いろんな依頼が来ているのだけど、ずっと担当してくれていた事務局スタッフのひとりが出産を機に長期休暇に入ったので、大変。これも、昨年の変化のひとつ。

今日はものすごく寒く、風も冷たい。ちょっと外を歩くだけでも凍えそうで、マフラーをグルグル巻きにして小走り。

毎日、アマゾンからなんのかんのと荷物が届く。今日はプリンスが珍しく「欲しい」と言った、ニューヨーク・ヤンキースのキャップ。幼稚園のお友達がかぶっていて、欲しいと思ったらしい。「写真撮って」と言うので、かぶったところを写真に撮る。よく見たら、雑誌か何かを切り抜いた野球のボールが左胸にのりで貼り付いていた。

1月15日（土）

今日は幼稚園の行事でお父さまが参加するので、夫とプリンスの準備をして無事に送り出す。

お昼前に迎えに行き、3人でお昼を食べる。

ここ、人気店でいつも混んでいるのだけど、今日は予約なしですぐに入れた。

帆「最近忙しくて、私の仕事の話、全然していないよね」
夫「そう？　すごくたくさん聞いてるけど……（笑）」
プ「僕も、聞いてる……」

夜はオンラインでファンクラブの瞑想セミナー。今日から3日間の初日だ。

1月16日（日）

午前中は瞑想セミナー2日目。

瞑想、またしっかりやろうかな。去年インドでこの瞑想に出会ってからしばらくは毎日続けていて効果もあったのだけど、やらなくなってしまった。こうして、ファンクラブのセミナーとして再受講して、仕組みを聞けば聞くほどこれはすごい方法だと思う。

日々の幸せ感が増す。結果的に全てが心地よく加速する。

今日も寒いので、午後はみんな、家にいる。

任天堂のスイッチをしたり、絵を描いたり、みんなで掃除をしたりして。

そうそう、コロナの緊急事態宣言のときに、運動不足になるからとスイッチを買ったのだけど、みんなあまりやらなかった。今頃、ブームに……。

1月17日（月）

何かを成すには、自分が決めたことを毎日しっかりと守ることだよね。

例えば、毎朝6時に起きる、でもいいし、毎日スクワット10回、でもいい。もし、夜になってそれを忘れていることに気づいたら、「明日20回すればいいかな」ではなく、その日のうちにする、ということ。

1月になってから書いた「今年やりたいこと100」にも、毎日の小さな習慣をいくつか書いたように、大事にしていることの積み重ね。プリンスの習慣についても、3人で話して決めた。


さて、今日は幼稚園が休みなので、朝食用のパンを買いに行ってから、プリンスと『えんとつ町のプペル』を見る。泣いた。

終わってからのクレジットに、キングコングの西野さんの名前が一番最後に出てくるところがすごくよかった。プリンスが「最後の歌が終わるときに『すっごくいいプ

ペルだったねーーー!!』って一緒に言おうよ」と言うので、終わったときに、
「すっごくいいプペルだったね」と言ったら、
「もっと心を込めて、声を合わせて！」と言われたので、
「すっごくいいプペルだったねーーー！！！」と声を張って一緒に言う。

瞑想セミナー3日目。皆さまの前で、私は宣言をした。
今私が目指しているあることを成就させるために、これから毎日必ず1日2回、瞑

想をする……とマニフェストのごとく、宣言。ファンクラブの皆さまに対してでも、自分の個人的なことを宣言するのは初めて。

これってもうお百度参りの願掛けのようなものだよね。よし！


↑続かず…

1月18日（火）

6時起床。瞑想。とてもいい。

鼻歌なんて歌いながら朝食の準備と片付け。

なんだかもう活力が溢（あふ）れてくる感じよ……。


幼稚園に行く前に、磁石でプレートがつながる知能ブロックみたいなものを最近よくしているのだけど、4歳から、と書いてあるのに、私が作っても難しい。

こんなの、子供だけでできる？

と説明書を見ていたら、

「ママ、ここに線が入ってる」

と言われた。

1月20日（木）

ＤＭＭ本社で新しく始めるオンラインサロンの打ち合わせ。

明るいオープンスペースには、社員だかお客さまだかわからない人たちが、くつろいでお茶をしている。ミーティングルームに向かう廊下がジャングルみたいになっていたり、プロジェクションマッピングを思い起こさせる光の効果もあったり、今どきの最先端オフィス、という感じ。

担当のＣさんは、今日初めて直接お会いしたけれど、とてもいい感じだ。妙に面白い。

このＣさんといい、お財布の製作会社の人たちといい、ハレクラニの人たちも、みんないい人ばかりで感心する。

1月24日（月）

私の最近の毎日は、だいたい6時起床。今日の仕事のメニューをさらっと確認して、軽く朝食の準備をしてからプリンスを起こすのが6時半。夫はその日によって時間が違う。

今朝のプリンスは起きるなり「どうしてもお願いしたいことがある」と言ってきた。

「何？」と身構えたら、「今日はどうしてもここで食事をしたい」とキッチンを指差した。

なんだそんなことか、とキッチンにプリンス用の机を運び、そこで朝食。

ちんまりと座り、机に今お気に入りの絵本を置いて、満足そうに食べている。

「ママもここで食べようか？」と聞いたら、「いいです、僕ひとりで」とか言って。

1月28日（金）

今日から1泊で温泉へ。

毎年、私の誕生日の時期に温泉に行くことになっている。

今回は、『千と千尋の神隠し』の舞台のモデルになった温泉旅館「積善館」にした。

あの赤い橋がかかっている、古ーい旅館ね。

関越道の渋川伊香保インターを降りて、四万温泉へ。

途中、通りかかったお蕎麦屋さんでお昼を食べたら、そこが当たりだった。「吾妻路」。こういうときの夫の勘はすごい。ふと目に入り、「ここ、美味しいと思うよ」と突然車を停める。客層を見てたしかに……と思う。わざわざ遠くから食べに来た雰囲気のあるおじさんおひとりさま、とかいるし。

まず分厚い卵焼き。これも夫が「こういうところはまず卵焼きだよ」と言って頼んだ。

お皿いっぱいに、分厚く、熱々の湯気の立つ卵焼きが出された。

おいしい……お蕎麦が遠のくほど。

積善館に着いて、部屋に入る。

別館の貴賓室にしたので、眺めもよく露天風呂もある。部屋に入って正面の窓に見える、隆々とした松の枝振りがいい。メインのお部屋の続きにある寛ぎのスペースも広い。寝室スペースは障子で仕切られている。

部屋の露天風呂について、「午前中からお湯の調子が悪くて、さっきようやく直って今お湯をためています」と言われたので、まずは館内の貸し切り風呂へ。

一度外に出て、小道を歩く。つららが大きく垂れ下がっている。壁を伝っている排水溝からも、流れる水の形そのままが氷に。

お湯はたっぷり、向こう側は森。

しっぽりと、もの思いにふける……まもなく、わりとすぐに出て、次に『千と千尋』の映画で神様の「油屋」のモデルになったお湯へ。神様たちがお風呂に入っていたところね。

別館から本館への廊下を進んでいくと、ここも多分、映画のモデルになったトンネルじゃないかな？　という廊下があった。

本館の古さは相当なもの。板張りの廊下もきしんでいる。階段も狭く、踏み外しそうなほど急だった。玄関から一瞬外を歩いてから、例のお風呂場へ。

そーっとのぞいたら……よかった、誰もいない。大きなタイルの部屋に、浴槽が5つある。この西洋風のしつらえからか、「ローマ」という言葉が浮かぶ。ライトとか、窓枠とか、光の感じがロマネスク。奥には、横になって入るサウナもあった。

食事をして（食事は、普通）、45歳の誕生日のお祝いをしてもらってから、本館のライトアップと、例の赤い橋を見に行った。

たしかに、幻想的。隣のあそこが、映画で千が泊まっていた女中部屋かな。

寒い寒い、と言いながら戻って、私は部屋の露天風呂。

プリンスはパパに飛行機をやってもらって、やっと寝た。

1月29日（土）

夜中、プリンスが鼻血を出し、その始末をしていたら眠れなくなり、そのまま部屋の露天風呂に入る。そのとき気づいた。そう言えば、私は最近ずっとこういう「ひとりになれる時間」を欲していた。それがこんな形でやってくるとはね。

いや違う。欲していたから、鼻血というハプニングを通してそれを引き寄せたのかも。

フフッ。

あぁ、こういうお風呂が家にあったらとてもいいんじゃないかな……いや違うか。家にあったらもう日常の一部。たまにだからいいというもの。何事も新鮮さは最高の刺激剤だ。

朝食を食べてチェックアウトをしてから、ネットで見つけた、近くにある陶芸体験のできる工房へ。何を作ろうか……。

プリンスは、飾ってある先生の作品をいろいろ見て、「この羽子板の形のお皿にする」と慎重に決めていた。「これはまだ難しいと思うけど、大丈夫？」と聞かれていたけど「大丈夫、これがいい」と言っている。私はお香を立てることができる、薄い板のようなお皿のようなものにしよう。夫は無難に、マグカップ。なにそれ、つまんなくない？

プリンスは先生に手伝ってもらいながら、とても上手に壁を作り、底面に羽やお花を描いている。この若い先生、というかお店の人がものすごく変わっていて、いきなり人の手相を見たり、近くに降りたという光の柱の話をし出したり、かと思えば、夫にこの温泉街の経営状態の相談をしてきたり……。その話し方も含め、かなりの変わり者。

そんな先生に楽しませてもらいつつ、私は硬い葉っぱのような、いいのができた。プリンスのも、大作！　そして夫のマグカップは……こういうときに一番やってはいけない、イニシャルの模様を描いている。しかも、私の「H」。「何それ、平凡、つまんない、誰が使うの？　まさか私に？」

とかさんざん言って、遊ぶ。

丸い底面に「H」で、ヘリポートみたいになってるし。

帰り、またあのお蕎麦屋さんに寄った。

家に着いたら、夫からのバラが45本、届いていた。

2月11日（金）

午前中は、オンラインサロン開始に使う写真を集中して選んだ。

先週から候補を選んでいるけれど、なかなか決定までいかない。

結婚前に、母とイタリアを旅行したときの写真がたくさん入っている。

「この頃の私、外見として一番好きだな」と言ったら、「だから結婚することになったのよ」と言われた。なるほど……。

今、プリンスは季節を覚えているところ。春の野菜、春の果物、春の虫、春の行事、という具合。そこで大きな紙を4つに区切り、カードを貼り付けた。

人とのつながりって、何がどこにつながるか、本当にわからないと思う。

昨年出会って、最近一番のヒットだと思っているこの人、仮に「ヒッピー」と呼ぼう。このヒッピーを紹介してくれた十年来の知人は、ヒッピーを紹介するためだけに久しぶりに私の生活に登場し、また消えた（笑）。

昨年、この人と10年ぶりくらいに再会するまで、その10年に何をしていたかも知らなかったくらいだけど、再会したときに私にしては珍しく「もう一度会ってお茶でもしようかな」という気分になって連絡したのだ。こういうことは、私の中で本当に珍しい。多分、バージョンアップの真っ只中にいて、「ピンと来た人にはその後会う約束をした方がいい」と決めていたので、そうしたのだと思う。

そしたらヒッピーを連れてきて、2回目以降はもうヒッピーから直接連絡が来るようになった。なので、間にいたこの友人は、またいなくなった。

「そういう役目だったんですよ」とヒッピーが言う通りだろう。

2月18日（金）

日々は淀みなく流れる。

今日は幼稚園の劇の発表。プリンスはトラの役で、大きな黄色い手作りのお面をかぶり、他のトラさんたちと一緒に踊ったり、ひとりのセリフを話したりしていた。

お友達と楽しそうに話したりしていて、微笑ましい。

2月23日（水）

最近、日記を書く気持ちにならず……また日が空いた。

これと言って理由はないけど、しばらくこの日記、お休みしようかな。

今日は天皇誕生日で、プリンスは夫とよみうりランドへ。

帆「よみうりランドか、懐かしいなぁ」
プ「行ったことあるの？」
帆「……ないと思う」
プ「じゃあなんで懐かしいって言ったの？」
帆「昭和っぽくて。昔からあるし」
プ「昭和っぽいって？」

帆「ママが生まれた頃の時代からあるから懐かしいなって」
プ「でも行ったことないんでしょ？」
という終わりのない会話が今日も延々と繰り返され、2人は出かけていった。
私はひとりの時間を満喫。熱いコーヒーを何杯も飲みながら、仕事をした。

午後、ずいぶん遅くなって帰ってきた。閉園時間までいたらしい。
「長くいてほしいだろうと思って」とか言うプリンス。

2月24日（木）

ロシアがウクライナへ侵攻した。突然攻め入られる気持ちはどんなだろう。突然、全ての計画がゼロに、未来もゼロになる。

どうしても外せない仕事があり、今日はママさんがプリンスをお迎えに行き、その後チーちゃんの家に行った。恐竜カードや昆虫カードやシールなどを用意してくれていて、ずっと楽しく遊んでいたらしいけど、「早くママに会いたい」と言っていたらしい……フフ。

2月25日（金）

プ「日曜だから○○さん（私の友達）のところに行こうか？」
帆「日曜だから、予定があって出かけているんじゃない？」
プ「逆だよ。日曜だから家でゆっくりしているんだと思うよ。怠け者のように（笑）」
怠け者、なんてどこで覚えたんだろう。プリンスは、ますます口達者。元々話すのは上手だったけど、その言葉の選び方というか、洞察力が、大人のよう。よく、人のことをジーッと観察していることがある。

3月5日（土）

朝日カルチャーの講演会。リアル会場の講演会は実に2年ぶり？

会場にプリンスも連れていく。そう言えば、ばななさんも言ってた。「いろんな仕事の現場に息子を連れていった」って。

会場チェックが終わり、夫が来たのでプリンスは一番後ろの席へ。

いつものように充実感いっぱいで終わる。

3月6日（日）

突然思い立ち、ディズニーランドへ。私たち、シーではなくランド派。わりと空いていたのでスムーズに乗れた。

プリンスは、入ってすぐに買ってあげたポップコーンを食べ続けている。移動するときはすかさず入れ物（チップとデールのポップコーン入れ）の蓋を開け、手を突っ込み、器用にマスクをずらしてパパッと食べるとまた器用にマスクを戻している。

一通り、有名なものに乗った。夫が「プーさんのハニーハント」で上下にジャンプしている姿が後ろから見ていて笑えた。あの年齢で、プーさんよ。最後の「はーちみーつどーろぼう」というところもとっても気に入って、何度も言っている。

6時頃に出た。プリンスは、車の後ろでのけぞって眠っている。帰って今日の動画を見てみたら、どのシーンでもプリンスがポップコーンの入れ物に顔を突っ込んでいるので笑った。

3月13日（日）

今日は完成したお財布の写真撮影の日。

思っていた以上に素晴らしい出来で、気に入ったものができた。

何度も調整を重ねただけのことはある。今回は「白×オフホワイト」と「黒」の2種類。これでやっと念願の白いお財布を使える。

3月25日（金）

午前中の便で沖縄へ来た。

今日からハレクラニ沖縄で、講演会と、ファンクラブ「ホホトモ」の最後のツアーをする。

ホテルからのお迎えは快適だった。空港からすぐの海もとても綺麗。

着くと、東京でも会ったハレクラニのIさんとKさん、支配人のYさんが出迎えてくださった。

部屋で少し休んでから、昼食をとりにレストランへ。

Kさんが私の洋服をとても褒めてくださった。

ここはあったかい。ハワイのよう。ナシゴレンのようなお料理と、グァヴァジュースをいただく。

部屋に戻って、YouTubeを撮った。明日発売になるので、「現地で撮影するように」と何度も念押しされたお財布の映像……忘れないように。

慌ただしく、エステへ。

とにかく優雅な気分になる空間で、とにかく優雅な施術の説明を聞き、よっこらしょ、とベッドに身を横たえる。

ここでやっと一息。

……それにしても、あのハレクラニから依頼をいただくなんて、ハワイにいた小さな私からしたら、本当に大きくなったと思う。父もとても喜んでくれた。ずーっと好きだったハレクラニ。こんな風につながるなんて、不思議な気持ち。

お風呂に入り、着替えて、ディナーはＩさんとＫさんと、館内のレストラン「シルー」へ。

Ｉさんは、ホテルの仕事を愛していらっしゃるようだ。とても楽しそうにいろんなホテルストーリーを話してくださった。伝説のホテルマンだった、現在のＹ支配人のエピソードも。それから沖縄の不思議な話もたくさん。

営業のＫさんは、意外な職歴をお持ちだった。そういう仕事をしていた人に、初めて出会った。そして私と3歳しか違わないとは……10歳くらいは年下かと思ってた。

3月26日（土）

夜中、ふと目が覚めたら、突然部屋の中でカタンと音がした。夕食で聞いたＫさんの「怖い話」を思い出して眠れなくなる。

研修時代にいたというグアムで、夜寝ているときに、突然何かに両足をつかまれてガッと下に引っ張られたという「怖い話」。グアムは戦争の傷跡も多いので、その類の霊もいるなど聞いたことがあるけど、という話。部屋中の電気をつける。

もう一回、何か音がしたらＫさんに連絡しよう……とまで思いながら、寝る。

そんな感じの寝起きの朝。いつの間にか寝ていた。

空は薄曇り。雲の間から光が差している。

私の泊まっている棟は大人向けで静かだ。

プリンスと電話で話してから、朝食へ。

昨日の落ち着いたレストランの奥でガレットをいただく。

ハレクラニのKさんと一緒に、ツアーに参加する人たちをお迎えに空港へ。うちのスタッフも東京からのツアーの人たちと一緒にやってくる。

そうそう、今回、南の方にも行くので、お清めに粗塩を身につけていくようにママさんに言われていたのに忘れたので、近くの「そういうものが売っていそうなお店」に寄ってもらうことにした。

車中で、Kさんの過去の話を聞く。

これがかなり、私の胸を打った。一般的に聞いても悲しい話だけど、ここまで私が感じ入るって、なんでだろう、なんでこんなに……というほど……涙。

大型販売店に着いた。イオンみたいなところ。

お店の人に「粗塩はありますか?」と聞いたら、「あります!」と持ってきてくれたのは「アジシオ」。惜しい……と心でつぶやきつつ、自分で探して見つけた粗塩の大きな袋を抱えて急いで車に戻る。それをKさんが持っていた小さなビニール袋に小分けにして、身につけた。

空港のバス待機所に着いて15分くらいで、皆さまがゾロゾロといらした。全部で二十数名。バスの入り口でお出迎えする。

皆さま、なんとなく興奮気味だ。そうそう、ツアーの始まりはこういう感じ。興奮と多少の緊張と期待で、テンションが高い。

はじめに百名(ひゃくな)ビーチへ。今回の初日の行程は、全て現地のスピリチュアル的なガイドさんが提案してくれた中から選んだ。私が行ったことのある場所と、今回の旅の目的に合った場所をミックスさせて作ったもの。旅の目的とは、ズバリ、「原点回帰と再生」。

ファンクラブ「ホホトモ」最後の旅として、これまでの環境からの卒業、原点回帰、そして新たな世界への旅立ち、再生、生まれ変わり(リボーン)だ。

百名ビーチに続く、木のトンネルがよかった。足元も白砂で、ハワイのラニカイビーチへの入り口を連想させる。

砂浜では、近くのホホトモさんたちと話しながらゆっくりと歩く。この時間の途中に、皆さまのいろんな話を聞くのがいつも好きだった。初めてお目にかかる人は、「会えて感激です」というような思いを伝えてくださり、それもまた恥ずかしいけどそのまま受け取ることにしている。海外ツアーもやっていた頃は、そもそも海外旅行が初めて、という人もいらしたな。それがいきなり「セドナ」とか、個人では行きにくい秘境だったりしたよね。

……とか思いながら歩いていたら、いきなり、海亀がいた。ビーチに上がってきている。

こんなところに亀って……沖縄の普通？

いや、そうではないらしい。ガイドさんもビックリしている。ハレクラニの人たちも、こんなところに亀がいたことなんて、初めてみたい。へへ、このツアー、いいね。嬉しい気持ちで、その奥にある聖地「ヤハラヅカサ」へ到着。ここは祖神アマミキヨが降り立ったという聖地だ。

ここでみんなで瞑想をする予定。その前に、自分で自分のことを褒める、というワークをひとりずつする。「～～で、私ってすごい！」という発表。私はこういうワークがあまり得意ではないのだけど、「ホホトモ」の中なら大丈夫だし、たまにはいいかな、と思って。

皆さま、それぞれ正直でとてもよくご自分を表現されていた。

私はこれ。

「ファンクラブの最後のツアーが、私の大好きなハレクラニさんからのオファーで実現して、何よりも自然な流れで皆さまをお連れすることができたなんて、私ってすごい！」


次に、思い思いの場所に座って、ガイドさんの誘導で瞑想をする。

実は、私は今回の沖縄に向かう飛行機の中から、ものすごく思い出している人がひとり、いた。昔、深い関わりのあった人。

なぜその人のことがこんなにも懐かしい気持ちで思い出されるのか。以前、その人と行った旅先の島と重なったのか、とにかくずーっとその映像が居座って、どいてくれなかった。アイフォンの中に残っていた、その人の声が入っている音源まで久しぶりに出てきちゃったりして……。で、ここで瞑想をしたら、またその人が出てきた。

これが過去の解放か、と気づき、「さようなら」と思う。

あとは気持ちよく、なんとなく思考を未来に向けて、つぶっている目の中で光っているところを見ながらボーッとしていた。

終わって目を開けたら、「ものすごくニコニコしていましたよ」とガイドのAさんに言われる。はい、過去の解放、終了。

そこから少し移動して、名水百選の「垣花樋川」へ。沖縄の地名の読みは本当に難しい。ここも、東京の打ち合わせで話に出てくるたびに、「ほら、かきのはなの川ってとこね」とか毎回わけのわからない表現をしていたけど、「カキノハナヒージャー」と読む……。

ヒージャーと何度もつぶやく

カキノハナヒージャーは、苔むした石が積まれている小さな丘の上にあった。丘というより、苔に覆われた岩が積み上がった坂。下からも見える上の方の水源までは歩いて数分。

途中、足元の苔石に、上からの水が流れて小さな水路ができていて、きれいだ。

神聖なお水をペットボトルにいただいた。皆さん、その場所で思い思いに過ごされている。

お昼は「花さんご」というお店にした。

南国の植物がたっぷり植わっている庭を歩いて、入り口に着く。温かく、鮮やかな色彩。これだけの南の国の植物を育てるのは大変なことだろう。

ランチの間に、霧雨だった雨がだんだん強まって、風も吹き始めた。大きな葉っぱがダイナミックに揺れている。

それでも、今回のひとつのメイン「玉城グスク」に着く頃にはまた霧雨になった。

「玉城グスク」は拝所。神様を拝む場所。神様がたどり着いたとされる海辺なども含まれていて、はじめに行った百名ビーチもそのひとつ。

旅の流れとして、はじめのビーチで瞑想をして過去の思いを解放し、そこに神聖なお水をいただいてチャージ、そして最後に拝所で生まれ変わるというストーリーだ。

祭壇に向かい、みんなで祈りを捧げる。

こういうとき、私は正直、何を言えばいいのかわからなくなってしまう。馴染みのあるいつもの神社でははっきりと望みを伝えることができるのに。そこでいつもだいたい「ここに来ることができてありがとうございます」の後は静かにしている。

終わって、石のアーチをくぐるときには生まれ変わる再生のつもりで通り抜けた。

最後に斎場御嶽（セーファーウタキ）。前に来たのは何年前だったか、あのときより道が綺麗になっている気がする。現地のガイドのおじいさんが説明についてくださったのだけど、方言が多いので、8割は何を言っているのかわからない。

私はここでもまた頭が真っ白になってボーッとしてしまい、皆さまがいろんな場所で写真を撮ったり、空を仰いだり、祈っている姿を幸せな気持ちで見ていた。

帰りのバスの中で、さっきから痛かった頭が急に治った。

盛りだくさんの1日。たくさん話したけど、妙に静寂さを感じる1日だ。

ホテルに戻って、皆さま、休憩。

夜はカジュアルレストランの方に集まる。1日たっぷり動いたので、飲み物が染みる。乾杯の後、毎回恒例の、私が各テーブルをまわってゆっくりお話しする時間もある。かなり盛り上がっているところで、「そろそろ時間なので、次のテーブルへ」と容赦なく遮ってくるスタッフHも、いつもと同じ。

今回も本当に様々な方々が参加されている。でも最後のツアーなので、10年前からの会員の人など、古株の人が多いかな。なので、いつものよくある質問というよりも、これまでの思い出話の方が多かった。


ところで、ハレクラニのKさんだけど、ここに着いたときからものすごいホスピタリティで、一言で言えば、非常に気が利く。常に先回りして、起こり得るあらゆる状況に備えている感じ。

昨日の夕食で、それは前職に関係があるとわかってとても納得したけど、今日も行く先々で、私の荷物をパッと持ってくれ、小雨が降ってくれれば傘が差し出され、他にもいろいろと驚くことがあり、うちのスタッフも喜んでいた。これは……マネージャーKと呼ばせていただこう。

夜、バスタブにお湯をためながら、昨日から思い出している人のことを考えた。旅って、こういうのがいい。中断されずに、それをずーっと思っていられるところ。今日は一度も起きずにぐっすり眠った。

3月27日（日）

起きたら、大雨よ……暴風雨……。

ガスっていて、少し先の海も見えない。

これは……出かけるの、無理じゃない？ 行っても何も見えないんじゃない？

今日はきれいな海の色を楽しむスケジュールなんだから。その名も「恋の島、古宇利島ツアー」だ。恋の空模様、土砂降り……。

うちのスタッフとマネージャーKと相談。今日は出かけるのを中止して、夕方の私の講演会までホテルで各自楽しむことにするか、そうする場合は、外で食べる予定だった全員のランチをホテルのどこで手配するか。または明日の午前中の予定と交換するか、その場合は明日のバスのキャンセルと今日の手配、そして明日に個人的にエステなどを予約している人たちへの対応など、マネージャーKが迅速に動いてくれようとしているが……なんか……どの代替案にも気が動かない……。

ふと、明日の天気をもう一度調べたら、明日も雨じゃん、交換の意味なし……か。

そこへマネージャーKが遠慮がちに言ってきた。

「あのぉ、僕が思っていたことはですね。僕のお天気アプリによれば、4つのうち2つのアプリでお昼過ぎから雨が上がってくるようですので、帆帆子さんさすがだな、と思っていたところなんです」

その言葉に一番気が動いた。よし、それを信じて予定通り決行しよう。

空は薄暗く、変わらず重い雨だけど……。

出発して進むうちに、雨はどんどん細くなって霧雨に。

なんと、古宇利島に渡る橋の入り口の絶景スポットに着いたときは完全にやんでいた。すごいじゃん!!

こんなことも旅を盛り上げるというもの。この幸運に、またみんな興奮状態。私じゃなく、景色を撮って……。

ランチ会場の「L LOTA」はとても雰囲気のよいところだった。

まるでハワイだ。ロケーションも最高。エメラルドグリーンの海に、さっき渡ってきた橋がこっちに向かって伸びている。食事も美味しい。

そこで私を入れたスタッフ4人、いろいろ話してとても面白かった。今日だけ同行してくれているハレクラニのYさんも本当に素晴らしい人。考えてみると、これまでのホホトモツアー、私たちは本当に現地のコーディネーターさんに恵まれてきた。ハワイもバリもセドナも、それぞれに細やかでフットワークよく、思い出に残っている。沖縄もそのひとつ。

ここまでのバスの中、私は古宇利島については詳しくないので「ガイドできる?」とマネージャーKに突然ふってみた。すると、慌てながらも情報を収集し、一生懸命皆さまに話してくれた。しかし、その情報の出所は『るるぶ』、笑える。そうだよね、

Kさんは営業だから、普段、ハレクラニ沖縄に常駐している人ではないもんね……。

「えー、この島には〜〜という言い伝えがあります……あるそうです……ハハハ」

とか自分で笑ってた。

それにしても、見事に雨が上がった。

明るい光まで差して、海の色も鮮やかなエメラルドグリーン。

今日決行して、本当に良かった。


最後に観光名所の「ハートロック」という岩を見に行く。ここは「嵐」がCM撮影をしたことで有名になった場所なんだって。そういうところは混んでいるし、あまり好みじゃないのだけど、一応……。

裸足(はだし)で波打ち際に入りながらみんなで写真撮影大会となる。

「帆帆子さん、波とたわむれてください」とかいう無茶なリクエストもあった。そこを写真に撮るって恥ずかしすぎるけど……もう最後だからいいや！　と、リクエストに応えていろいろやった。そこを数十名が写真に撮る。他の観光客の手前、恥ずかしすぎる。

こういうとき、思うのだ。私が、誰でも顔を知っている人であればまだいいけれど、私の場合は知っている人しか知らない、よい意味でマニアックな認知度なので、こういうことをしていると、周りから見たらあの人は一体なんなのか、ということになり、非常に恥ずかしい。

とか思っている途中に大波が来て、バッシャリ全身が濡れるというシーンもありつつ、楽しく過ごす。

終わって、静かにタオルを差し出してくれるマネージャーK。

ホテルに戻って、講演会の支度。

ゆっくりとお風呂に入っていたら時間がギリギリになる。

衣装を着るのに、思ったより時間がかかった。

今、講演会から戻ってきたところ。すごくよかった。

始まってすぐにいつもの波に乗り、饒舌(じょうぜつ)になり、必要な情報はすべて伝えられたと思う。

半数以上が沖縄在住の人だった。ホホトモツアーには参加できなかったけど講演会だけでも、と東京からわざわざいらしてくださった方も数名いた。

さて、次は最後のディナー。

講演会も無事に終わって、気持ちが一層解放的になっている。

甘いお酒を飲みながら支度をして、海を眺めながらプリンスに電話。

今日遊びに行った遊園地のくじ引きで、ひとつしかない1等を引いたらしく、そこでもらったというすごく大きなおもちゃを見せてくれた。

「僕だけが1等だったんだよ」と嬉しそう。

「講演会だったんでしょ？　で、今は何してるの？」

と、またもや大人口調。


そう言えば、今日のランチであった質問や会話で印象的だったこと。

「本で読んで頭ではわかっているけれど、いまいち腑に落ちないこと、できないことについてもっと深く理解して体得するためにはどうすれば？」

というご質問。

それは、自分のステージ、レベルを上げることだ。

レベルが上がると、そのようなスピリチュアルな理解が深まったり敏感になったりして、「そうか、こういうことだったか」と腑に落ちることが起こる。全方位に対して、視野と深さが広がる。だから、これは解決できない難しい問題と思っていたことが、レベルが上がるとサッと解決できたりする。逆に言うと、問題と同じステージにいるときは、それを超えることができない。

「もっともっと深く理解してそういう風になりたいのに、もどかしい」と言っているコリスちゃんがかわいかった。あ、コリスちゃんというのは、私が勝手につけたあだ名。コリスのようにかわいらしいので。

それから「今の仕事を辞めたい。これを定年までずっとやるのかと思ったら苦しすぎる」と話してくれたTさん。

面白かったのは、Tさんの話し方。はじめは「どう思いますか?」という相談口調だったのに、話しているうちに「辞めたい……辞めるつもりです……もう辞めます!」とか言って、自分でどんどん宣言していた。そして、辞めた後に行こうと思っているという国の話までしていた。それはもう……辞めていい(笑)。


さて、ホホトモ最後のディナーに行ってきます。

3月28日（月）

鳥の声で目が覚める。

この心地よさはどうだろう。フルに充電されている。

昨日の夜は良かった。講演会の後の最後のディナー。10年にわたるファンクラブ、最後のディナー。テーブル周りで出た話、ひとつひとつを心に刻もうと思う。

印象的だったのはこんなこと。

「自分がいろーんなことを仕事としてやっているので、肩書きを決めたい。でもどれもしっくり来ない」というご質問。

肩書きって、自分がそれを口にしてテンションが上がるものがいいよね。言うことで「私、いい感じ」と思えるもの。なので、実際に何をしているか、でつけるよりも、どんな表現をすると気持ちが上がるか、どんなものにいずれなりたいか、という方から考えるといいと思う。例えば私の友達もいろんな仕事の側面を持っているけど、「経営者」という言い方をすると、一番嬉しいらしい。実際、その人の目指す「経営者」にはまだまだ遠いけど、そこに向かっているという高揚感だよね。

仕事に関することでもうひとつ。

「帆帆子さんが最近やめたこと、例えば連載の『まぐまぐ』とかこのファンクラブとか、それなりに収入があったと思いますが、そういう『お金を手放すこと』への不安みたいなものはないですか」というご質問。

「ホホトモ」を終了するのは、この形でできることは十分にやった、当初の目的は果たせた、と思うからで、多分、そう感じているのに惰性で続けているとだんだん重荷になってきて、そこにエネルギーが注がれなくなって、苦しくなっていく、ということがわかっているからだと思う。他の媒体も同じ。まぐまぐも、最後の方はだんだんとエネルギーが薄れて苦しく感じるときがあったし、もちろん文章を書くということに関してはプロだから（笑）、その点は気持ちを盛り上げて向かっていたけど、そのエネルギーで続けることは、いずれ私を消耗させる。そしてそれは、私と読者の双方にとって良くない。

そこから得られる収入がなくなることより、大事なことが削がれていく方が私を苦しめることになる、とわかるからだ。

みんな酔って楽しくて、いつまでも続いてほしい空間だった。

普段静かな人が、突然ダジャレを言っちゃったりして。リボンの柄のドレスだったか、リボンをつけていたのか忘れたけど、突然「リボーン」（Reborn！）とか言ってたし。

10年前、一番はじめのハワイツアーから参加してくれていた人が、突然、感動のスピーチをしてくださったり、ね。


思えば、この10年間、本当にものすごくたくさんの人の秘密や打ち明け話や相談事を聞いた。累計1万人、「ホホトモ」を通り過ぎていった人たち。その中には、ミラクルな経緯をたどって、夢や望みを叶えた人たちも大勢いる。

本当にすごい話がいろいろあった。「帆帆子さんのおかげで人生が変わった」と言ってくれた人たち、それは私の力ではなく、本人たちのタイミングが来たというだけなんだけど、それを報告していただくことで、一緒に垣間見させてもらえて、よかった。

それを直接聞くことができた「場」に、感謝だな。


でも実は……私はこの「ホホトモ」が終わること自体は全く悲しくない。寂しくもないし涙も出ない。私の代わりにウルウルしている人を前に、「これはどうしてだろう」と思っていた。

もしかして、1年か2年か、とにかくしばらく経ったらまた「元ホホトモ限定」とか言ってツアーをやろうとしてたりして……（笑）。なんだかんだ言い訳をしながら（笑）。

最後の挨拶でそれを言ったら、皆さま大爆笑していたし、「それやってください!!ずーっとやってください」なんておっしゃっていたけど、まぁ、それはさておき、とにかく「これで終わり、さようなら涙」という感覚は全くない。むしろ、新しい始まり、夜明け、次のステージへのスタート。やりきった充実感……感謝のみ。

この日記も、しばらくお休みにしようと思う。

これも「リボーン」だよね。

1年8ヶ月後

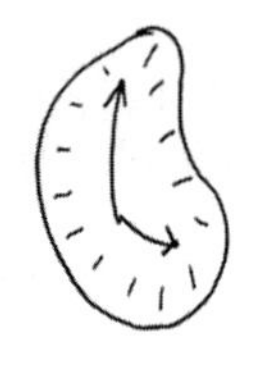

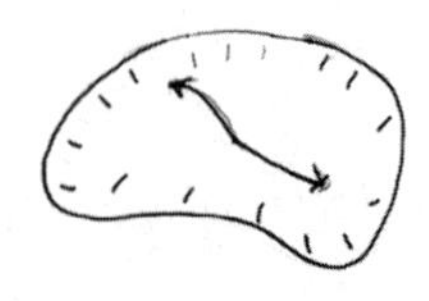

2023年　12月1日（金）

とっても久しぶり。

あれから、1年8ヶ月が過ぎた。

プリンスは幼稚園の年少から年長になり、私は46歳になった。

この期間、仕事はこれまで通り。本を出し、講演をして……あ、前の日記の流れから言うと、翌年もハレクラニからオファーをいただき、同じ時期に沖縄で講演会をした。

新しいことと言えば、DMMオンラインサロンで「浅見帆帆子の宇宙につながるサロン」を開始。とても楽しく充実して進んでいる。

今年（2023年）に入り、春から11月末までは、仕事も完全に休んでいた。

元々、私は数年に一度、自分をバージョンアップさせるために休みの期間をとるのだけど、これまでは、外から見たらわからない程度の「お休み」だった。それが今回は、仕事を完全にオフ。執筆も講演も、そしてSNSも。YouTube、インスタ、note、オンラインサロンなどを完全にオフ。「宇宙につながるサロン」については、休みの間の運営方法について一番心を使って考えた。何度も想像して相手の気持ちになり、「これでいい」という感覚になるまで相談し、スタッフとも仕組みを調整した。

そして、全てのSNSをシャットアウトした。

その効果はすごいものだった。

余計な情報が遮断されたことにより、ブレがなくなり、より一層、自分の感覚が鋭敏になった。「これは好き、これは苦手」という選別も、以前より瞬時にはっきりわかる。

まぁ、このあたりはオンラインサロンでゆっくり話そう。

明日から、久しぶりのオンラインサロンの入会受付告知が始まる。この数日はDMさんとそのやりとりをしていた。新しいコンテンツも始まるし、忙しくなる。

そう、仕事に復帰したら、堰き止められていた水が一気に流れるように予定で埋まり、え……、こんなスケジュール感だったっけ？　と心も体もまだ感覚を取り戻せていない。

そしてこの期間にもうひとつ……プリンスの小学校受験があった。

おかげさまで目指した学校に桜が咲いたけれど、正直言って、もうやりたくない。

一度でいい。

息子に様々な体験をさせ、視野を広げ、一緒に親の器もどんどん広がり、未来に思いを馳せるまたとない貴重な経験となった。あんなに心と体を使った経験は、これまでの人生でなかった。でも、もうやりたくない（笑）。

私の親も、私の小学校受験を振り返ってよく言っていたけど、「これほど夫婦が団結したことはなかった」。夫の考え方、人生への姿勢、素晴らしいところもわかったし、そういう意味でも貴重な経験だった。向かっている間、思わぬことや思わぬ人に支えられたし、新しい出会いもあった。でも、もうやりたくない（笑）。

自分も通ってきた道とは言え、いや、通ってきたからこそ、そして周りは家族や親戚を含めて同じような経験の人たちばかりで情報があったからこそ、大変だったことが多かった。何も知らない初めての経験の方が、苦しさは少なかったかもしれない。

でもそれも、結局わからないよね。みんなそれぞれに大変で、それぞれにドラマがあるから。びっくりすることが起こるし、謎なことも多く、あの世界ならではの魑魅魍魎の部分も全て含んで、終わって本当に良かった。

私は息子に、自分の力で切り拓く強い精神力を備えてもらいたい。たとえ荒れ野に放り出されても、そこから楽しみを見つけて自分の力で立ち上がれる人に。

本当に本当に、終わって嬉しい。

さて、心穏やかな日常に戻った今日の午後、幼稚園にお迎えに行った帰り、昨日からプリンスが作りたいと言っているクッキーの材料を買いに行く。買って家に着いたら、「なんか作りたい気持ちがなくなってきた……どうしよう……」なんて言っているので、「じゃあ明日作ればいいよ」ということで、明日に。

夜は自宅の片付けの続き。

11月末から大々的に自宅の模様替えをしている。来年、小学1年生になるので子供部屋の模様替えを中心に、大人の寝室もきれいにする予定。

まずは大量のゴミを処分。小学校受験でたまったいろいろも、先月あんなに処分したのに、まだまだ出てくる。工作は写真に撮ってだいたい処分。300枚近くある絵は……うーん、どれも思い出があるので、当分とっておくかも……。

12月2日（土）

午前中からクッキーを作る。レシピに書いてある量の倍のバターを入れたので生地が柔らかく、冷凍庫で冷やしながら型で抜く。味は美味しい。お世話になった先生の名前を書いたらグニャグニャに……。そしてクッキーのサイズが小さいので、「先生」まで入りきらず、呼び捨てになったものも。

できたクッキーとポインセチアを持って、友達の新居へ。

建物全体が新しいのでいい匂いだ。

絨毯(じゅうたん)を敷き詰めてあったので「やっぱりこれだよね」と言い合う。プリンスは今日も、いろんなおもちゃを出してもらっていた。ドラえもんのタケコプターとか、不思議な音が出る鐘とか、大きなクマのバッグとか。

私はこの半年の話をゆっくりとした。結局全ては波動だよね、と思う。波動、エネルギー。自分の波動を整えること。それに応じた事柄が起きていく。波動を高めてさえおけば、良からぬものも避けられる。

先生の名前4文字
○○○○
せんせい
ありがとう
のはずが

○○○○
ありがと

うまくかけなくて
呼びすてに…

御礼のクッキーが
呼び捨て…どうだろうか

12月4日（月）

昨日、夫と一緒に寝たプリンスが、寝て1時間ほど経ったときに突然ベッドの上に立ち上がり、踊り出したらしい。夫が声をかけても半分目を閉じていて、キャッキャと笑いながら踊り、突然走り出したので慌てて後を追ったら、トイレに入り、終わって部屋に戻るときも大笑いだったそう。そのとき、私はまだ起きていてリビングにいたのだけど、「遠くからプリンスの笑い声が……気のせいか？」なんて思っていた。

今朝、そのことをプリンスに聞いたら「え、覚えてない」だって。

一昨日、半年ぶりにインスタを更新したら、「いいね！」が4000件ほどついていた。久しぶりすぎて、投稿に1時間ほどかかった。

午後、IKEAの家具が来る。子供部屋特集を見てかわいかったので、プリンスの部屋は丸ごとこれの予定。

家に戻ったら、組み立ての人たちが全部完成させておいてくれた。「あっという間にパパパパパッと作って、華麗だったわよ」と留守をお願いしていたママさんが言う。

ママさんが帰ってから、私の寝室にある大型家具2つを別の部屋に移動する。スイッチが入ると、こういうことって今すぐやりたいんだよね。そこでプリンスと2人で開始。

　家具の下に大きな布を挟み、ズルズルと引っ張った。長い廊下を進み、絨毯の部屋では遅くなるけれど、思った以上に簡単に移動。

　こういうとき、プリンスは本当に役に立つ。

「はい！　こっちを押すから、ママはそっちを引っ張って！　はい、もう少しだよ。こっちはだいじょうぶだから、その角、ぶつけないように気をつけて！」とか言っちゃって。またその指示がかなり的確。寝室にある小型冷蔵庫も移動してスッキリ。

　さ、約束のかくれんぼだ。家全体を改装中なので、隠れる場所がたくさんあって大はしゃぎ。


　夜は同級生のY君と、お寿司屋へ。この日をとっても楽しみにしていた。

　この半年のこと、仕事のこと、子供のこと、家族のこと、そして昔の思い出話などたっぷり。

　自分の話したいことについて、惜しみなく気遣いなく本音で話せる友達が数人いればそれで充分、と私は思っているのだけど、Y君はそのひとり。貴重なひとり。

合格祝いもあって、ご馳走してくれた。

12月5日（火）

仕事に向けて、エンジン全開。このワクワク感。

仕事のバージョンアップ期間も終わり、ひとつ上のステージへ。

午前中、久しぶりにYouTubeの撮影。10ヶ月ぶりだ。


受験が終わって毎日暇になった幼稚園の帰り、「Tさんのところに行こうよ」とプリンスが言う。Tさんとは友人の洋服屋さん。マンションの一室なので、お買い物とおしゃべりと一休みに、この1年もよく寄らせていただいた。

行ってみたら、素敵なのを見つけた。グレーのニットコートとたっぷりしたスカート。ものすごく私好み。そしてここではよくある、「最後のひとつ」だった。

嬉しい。こういうこと、とても多い。その気はなかったのに、プリンスの言った通りにしてみたらすごくよかった、ということ。

帰りに近くのお惣菜屋さんを教えてもらい、今日の夕食はもう用意してあるからまたにしよう、と思ったんだけど、これまたプリンスが「行こう！」と言うので行ってみる。

　すると、すごく感じのいいお店だった。

「こんにちはー」とプリンスが入って行ったら、店員さんが目を丸くして「キミ、感じがいいねぇ、なんかすごくいいよ、うん、いい」なんて褒めてくれて、さらに気分が上がる。

12月8日（金）

「今日はワクワクが止まらないーーー」と言って幼稚園に出かけたプリンス。楽しみな予定がたくさんあるらしい。

　私は、午前中、18日にある講演会に向けて事前対談の収録。

　居酒屋「てっぺん」の大嶋啓介君に、久しぶりにZoomで再会する。

「なんかホホちゃん、かわいさ増し増しになってるけど、なに？　恋してんの？」と言われ……嬉しくなる。……フッ、うっかり乗ってしまった……不覚！

　気をよくした私はそのままペラペラと、この休んでいたバージョンアップ期間にあったことを話したのだけど、その動画がほぼ無編集で一般のYouTubeに流れることを終わりの方で知って……撮り直しとなる。大嶋君、ごめんなさい。

お昼から、六本木のリッツでスタッフとホテルの人たちと打ち合わせ。来年からここでオンラインサロンのイベントをする予定。

3時半から、幼稚園で放課後クラスの見学。プリンスは、放課後にパソコンのクラスを取っている。今年やったことを丁寧に教えてくださった。これが今日のプリンスのワクワクの予定のひとつだったらしい。ママが見に来ること。

夜は、プリンスの行く小学校の先輩親子とディナー。5年生のお兄ちゃまに遊んでもらい、私たちはゆっくりとディナー。とても美味しかった。

12月9日（土）

早朝の用事から戻り、腹ぺこで、買ってきたパンをたくさん食べる。ガーリックバターのフランスパンを1本、あんパン、フォカッチャなど。

夜はアメリカンクラブでサラダバー。食後にボウリング。なかなか食生活を見直す気になれない。

12月10日（日）

今朝のプリンスとの会話。

私「ママはプリンスが好き」

プ「ボクは好きじゃないよ。だーい好きだよ」だって。

12月に入ってから、プリンスの状態がとてもいい。それは多分、私の状態がいいからだ。受験が終わり、親子共々、緩んでホッとして柔らかくなったから。

寝る前に「今日楽しかったこと3つ」を寝ながら話していたときにも、「最近さ、体調もいいんだよね」とか本人も言っていた。確かに、この半年が特にひどかった鼻詰まりも治っている。思えば、受験の最後の方は体調を崩したり、変なところに湿疹ができたり、いろいろあった。結局、そういうことだよね……としみじみ。

私はこれからとにかく「自分が楽になるスタイル」を追求していこうと思う。仕事のやり方にしても、家事にしても。子育てだけは、息子にとって、そのとき考えられる最善と信じる方法を選択するけれど、それも親が苦しくなる方は選ばない気がする。

12月12日（火）

久しぶりに幻冬舎の担当、Sさんに会う。Sさんのところは今年の初めに中学受験を終え、同じ学校に桜が咲いたので、受験生ママのあるある話で盛り上がる。当分、この話題か。

仕事の話は正味10分。

東京エディション虎ノ門でランチをしたけど、ここは……ちょっと私には合わない。

急いでプリンスをお迎えに行き、幼稚園のママ友親子と待ち合わせをしているカフェへ。

よし！　と、電車で出かけることにする。

表参道、本当にいつの間にかものすごく外国人が増えている。日本は外国人に乗っ取られる、という話をチラと思い出す。

食事は楽しかった。ここでも受験の話がほとんど。ま、年内はこれ。

プリンスも、「今週はこれが一番楽しみだった」なんて言っていたので満足そう。

帰り、レストランの近くにある輸入の雑貨屋さんに行く！　と言っていたプリンスと友達なんだけど、私たち大人が楽しく食事をしているうちに閉店時間が15分後と気づいた。私は「じゃあ、また近いうちに行けばいいよね」というスタンスだったのだけど、私のママ友は「よし、じゃあ行こう!!」とすぐにお会計をして残りのワインを飲み干し、雨の中、子供たちを連れてダッシュした。私は会計の終わった領収書をつかんで後を追う。

入店できれば買い物はゆっくりできるので、楽しかった。大人のもこもこスリッパ2つとプリンスの恐竜スリッパ、大きなコーヒーカップのゴミ箱などを買う。

帰ってきてからプリンスが、「ママも、○○君のママみたいになって」と言う。「今すぐ行くぞ！　みたいな元気さだよ」だって（笑）。

12月14日（木）

プリンスを幼稚園に送り、私はゆっくりとお風呂に入る。至福。

昨日は、久しぶりにヒッピーが遊びに来た。

お互いの話がシンクロしすぎていて驚く。でも私、相手がどういう話をしてくるか、実はだいたい予想がついていた。ヒッピーは2年ほど前に初めてオフィスに来て以降、数ヶ月に一度のペースで遊びに来る。いつもお互いの近況を話して、そのたびに私は特に仕事についていろんなアドバイスをもらっていた。ヒッピーの話を聞いているだけでヒント満載、という感じ。

でも別に、それ以上の話のシンクロはこれまではなかった。

それが昨日、向こうが「実は1年くらい前から……」と始めた話が、この半年ほどの間に私にもあったことと同じであり、さらに周りにも似たような話が集まっていたので、「その手の話、今日、ヒッピーもするんじゃないかな」と思っていたし、話に出なかったらこっちから聞いてみよう、と思っていたのだ。ドンピシャすぎて、お互いに、笑う。

やっぱり自分の周りにいる人は、自分と似たような要素を持っているよね。同じようなものを持っている人が引き合うし、定期的に会う人とは、そのタイミングで同じような状況になっていることが多い。

「同じものを持っている」と言っても、だから性格が似ているとか、感性が似ている、というような単純なことではなく、凸と凹というか、ベクトルの向きは反対なんだけど、同じエネルギーを持っている、というような。

例えば付き合っている男女で考えると、女性がその男性と付き合っていることにステータスを感じていると、実は男性もその女性の唯一の存在として役に立っているというステータスを感じていたりする。一見、その2人は全く違う性格でも、そういう凸と凹が嚙み合って惹かれ合っていたりする……。恋愛感情のない人間同士の関係も実は同じなんだけど、きっと男女の方が「好き」という情の入った感覚とセットだから、それが顕著に出るというか、お互いの複雑なメリット・デメリットを補い合っているのだろう。そして「そういう人に惹かれる」という根底には、自分の育った環境とか、両親の教えとか、心に内在しているコンプレックスなどがあり、全てはそこに由来するのだろうと思う。
ヒッピーは、そういう深いところを掘り下げて研究するのが好きなので、話していていつも面白い。

夕方から、プリンスはお稽古。
終わってから、私は食事へ。

12月15日（金）

先日知った「ケツカッチン」という言葉、後に予定があるので時間を押すことができない、という意味らしい。今日の予定は、プリンスを幼稚園に送った後、10時から「CANARY」の取材。11時からDMMの取材。プリンスをお迎えに行って16時からSBクリエイティブの取材。すぐに着替えてドイツ大使公邸のクリスマスコンサート。

今日こそあの言葉を使える、と思って言ってみた。

「今日はケツカッチンなので、よろしくお願いします」

と言ったら、一瞬、場がシーンとしてから、

「そんな言葉、どこで覚えたんですか？」

と、まるでいけない言葉を覚えた子供のような言われ方をされる。

夜のドイツ大使公邸でのクリスマスコンサートでは、チェンバロが出てきた。嬉しく、懐かしいチェンバロ。バッハの知っている曲ばかりなのもよかった。ビュッフェには、ドイツらしいクリスマスのお菓子がたくさん並んでいた。

12月16日（土）

久しぶりにゆったりとした気持ちで美容院へ。

ここでも、この半年の近況報告をいろいろと。長年のこの担当さんとも、実はなんでも話せる。そしてこの人にも、ヒッピーが打ち明けてくれたことと同じ種類のことが起きていた。

世界はそんなことで溢れているのかぁ……。

12月17日（日）

「宇宙につながるサロン」のことを考えると、ワクワクする。この年末はゆっくりこもって、いろんなことを書いたり話したり、したい。

12月20日（水）

今年もあと10日だけど、年末の感覚、ゼロ。毎年同じようなことを言っているので、もうそれでいいんじゃないかな、年末の気持ちを感じなくても。

この間、友人が「うちはクリスマスツリーは出さない。面倒だから」と言って笑ったことを思い出す。その家のスタイルに合ったやり方であれば、いい（笑）。

午前中、弟が姪っ子のために、プリンスの昔のおもちゃを取りに来た。ボーネルンドのキッチンセットとか。ひとつひとつの付属品を洗って消毒。おもちゃのフライパンやお鍋、プラスチックの野菜、食器類……。

午後、幼稚園の面談。幼稚園でのプリンスの様子を聞くたびにホッとする。プリンスは、幼稚園のことはあまり話さないので。この間久しぶりに話したと思ったら、

プ「最近、先生、怖いんだよねーー。ボクはクラスで3番目に怒られるんだよ」

帆「へー（笑）、どんなことで怒られるの？」

プ「幼稚園のね、トイレのね、壁が低いのよ、そこを登って隣をのぞいたら怒られた」

帆「隣に誰かが入っていたんじゃない？」

プ「うん、○○○ちゃん」

……それは世の中では「犯罪」と言われるんだよ……と思いつつ、

帆「それは怒られるわ。あなたがトイレをしているときに隣の人にのぞかれたらどん

な気持ちがする?」

プ「……嬉しい」

……ということで、それからしばらくトイレの話。

急いで戻り、夕方からプリンスと水泳へ。

ようやく寒くなってきた。帰り道、ほっぺたが痛くなる。そろそろ手袋を出そうかな。


焦ったーーー。さっき気づいたのだけど、なんと！　年末の旅行のエアチケットを、日にちを間違えて予約していたの!!　正確に言うと、日にちは合っているのだけど、出発地と目的地が逆になっている……こんなことってある？　何度も確認したはずなのに。

ハレクラニの担当さんから何度も確認のメールが来ていたのはこれか……。空港からの送迎の手配でわかったらしく、「この日にこの便はないのですが、大丈夫でしょうか?」という連絡が何度も来ていたんだけど、手元にあるチケットと違っていなかったので、「大丈夫です」と思っていた……。

慌てて正しい便を確認したら、似たような時間にまだ空席があったので急いで確保。

だけど、望んでいたクラスの席はもちろん取れず、家族とも席がバラバラ。

あぁ、ごめんなさい。私がいけなかった。受験のバタバタしている時期に取ったから、心ここにあらずだったんだよね。任せればよかった。

しばらくショボリしていたら、

「そんなに思うことないよ。今を楽しもう」

とプリンスが(笑)。

帰ってきた夫を土下座で迎えたら、

「だって、席、あったんでしょ？　じゃあ、いいじゃない」

と。あーん、ごめんなさい。

そんな風に言ってくれてありがとう。

もうこれは、何か面白い展開になると思おう。うん、そう決めよう。チケットが取れただけでもよかった。

12月21日（木）

エアチケットを間違えていたために、プリンスとも席が離れてしまうので、移動中の時間に退屈しないようにプリンス専用のｉＰａｄを買いに行った。ついでに、前から頼まれていたママさんのｉＰａｄも修理に持っていく。充電部分の接続が悪く、充電器をグイグイ曲げて充電していたら、先っぽが折れて、ｉＰａｄの中に残ってしまったらしい。もたもたしているうちに残りのバッテリーもなくなり、中のデータのバックアップもとれず……トホホ。

おなじみ、ジーニアスバーだ。

「まず、充電器の先っぽを取り出せるか、やってみますね」という嬉しい言葉。

それを聞いた途端、神様に祈り始めるプリンス。

ど〜か なおりますように

ママも早くお願いした方がいいよ!?

なんと、取れた。接続は相変わらず悪いけど、中のデータは保存できる。

「交換」ということなので、昨日ネットで見ていた金額の半分くらいで新しいｉＰａｄが買えた。その場でもらえたし、全部設定もしてもらい、プリンスも大喜び。古い

iPadも一応持ち帰ることにした。相変わらず、ジーニアスバーは素晴らしい。男性スタッフも女性スタッフも頭がよく、合理的で話が早く、親切。

いい気分で、歩いて帰る。


今、夜。プリンスはあれからずっとiPadをいじっている。幼稚園の放課後クラスで習っているというコンピューターのプログラミングアプリをダウンロードしてあげたら、どんどん動画を作るので驚いた。

考えてみると、私には「この年齢の子にiPadなんて必要ない」というような思いが、結構前からあった。贅沢だし、危ない動画にもアクセスできてしまうし、何より、そんなものがなくても学べる……というよくわからない基準の「必要ない」という考えに固執していたけど、これのおかげでプリンスの学ぶ意欲は全開。世界が広がっていることがたった数時間でもわかる。

いろんなことを知った上で「うちには必要ない」という判断だったらいいけど、なんとなく「必要ないのでは?」という思い込み、こういうのは違うよね。

エアチケットを間違えたおかげでiPadを買うことになり、プリンスの世界が広がる、という……。

12月22日（金）

朝一番で、プリンスと母と一緒に目医者さんへ。プリンスが、画面を見ていると目が痛くなる、と頻繁に言っているので。

ここの目医者さんはやっぱりいい。私の本の読者さんだったとわかったときはちょっと緊張したけど、とてもわかりやすいし、柔軟だし、いつもちょっとしたいい情報を教えてくれる。それに比べて、去年の今頃、いろいろと検査してもらった有名な大きな眼科の専門病院は、「なんかちょっと……」と感じることがいくつかあったので、検査のみでやめた。

プリンスはドライアイだったけど、それ以外は問題なし。私も視力が１・２にまで戻っていた。気になっていた目の症状も問題なし。経過観察で、いろいろな目薬をいただく。

スッキリ、爽快。最近、運動不足なので行き帰りを歩くようにしたら、帰ってぐったり疲れて、お昼寝。

ひとつ予定をこなしただけで、何もやる気が起きずに疲れる日ってあるよねーーー。

今日がそんな日。

うつらうつら2時間ほど眠り、プリンスに起こしてもらって、夜はコバケンさんの第九へ。六本木付近が混んでいる。この混みっぷりは、コロナ前の感じだ。

いつものように受付でチケットを受け取る。斜め上からステージ全体が近くに見渡せる4人席で、隣はコバケンさんの奥様。

プリンスは体を揺すって堪能していた。特に第4楽章の、コーラスが入るところは興奮するよね。今年はプリンスの受験合格という朗報があったので、私たちにとっても本当に「歓喜の歌」だった涙。

終わってから、奥様と一緒に楽屋へ行く。

「おーおーおーおーおーおー、ホホちゃん!」とコバケンさんだ。今年2回もコロナにかかったらしい。復活されて、本当によかった。

息子さんもいらしていたので、みんなで写真撮影。

帰り、ミッドタウンのあたりも長蛇の列だった。イルミネーションを見るためだけにも人数制限があって、順番らしい。フー。

12月23日(土)

最近のプリンスが凝っているのはコーヒーを淹れること。暇さえあれば、「コーヒー淹れようか？」と言ってくれる。

それに備えて、コーヒーメーカーと粉を低い場所に移動させる。マグカップも、高いところによじ登って取ろうとするので近くに。

さて、今日は生まれて初めて大腸の内視鏡と胃カメラの検査を受ける。

午前中から下剤を飲んで準備。

下剤は思っていたよりずっと飲みやすかった。

で、今、終わって帰ってきたところ。ものすごく楽だった。麻酔の気持ちいいこと。出産の後の至れり尽くせり感を思い出し、もうひとり産んでもいいかも、とまで思わせた。

ここはピンと来て決めた女医さんのクリニックだけど、ここにして本当によかった。問診のときから今日まで、看護師さんたちも素晴らしかった。本当に楽でスムーズ。

終わってから、たいていは30分くらい休むそうなんだけど、私は麻酔がなかなか覚めなくて、1時間くらい休んでた。というより、意識的に覚めたくなくて寝ていた、という感じ。麻酔で眠るあの感覚は、本当に気持ちがいい、癖になる。

午後は自宅でゆっくり。

夫もプリンスも、みんなゆっくり好きなことをしている。

私は「宇宙サロン」のことをずっと考えていた。

12月24日（日）

この部屋に引っ越した5年前に、リビングに作ったヨットのオブジェを「そろそろ解体したいね」と話していた。大人の身長より高いので、なかなか大仕事。

ハンディチェーンソーで自分たちでカットするか、業者さんにお願いするか……。とりあえずハンディチェーンソーを買いに東急ハンズに行ったら、ハンディはなかった。調べてみると、都心でハンディチェーンソーを売っているホームセンターは、ない。もっと調べてから来ればよかった、無駄足だったという不穏な空気が流れつつ、家に帰る。

で、よく考えると、自分たちでのんびり、ノコギリを使って解体する、という方法が一番心が動いたので、早速切り始める。

するとびっくり、あっという間にひとつ目のブロックが切れて、その後すぐに2つ目も解体された。パパのおかげ。やはり男手があると違うよね。

地面に貼り付けていた板もメリメリと剝がしてくれて、30分ほどで全てが解体された。これをもう一段階小さくして粗大ゴミに出す、というところまでは今日は無理なので、残りはゆっくりやろう。夫は大量に汗をかき、手のあちこちに傷を作っていた。

その勢いで、ヨットのあったスペースに別の部屋からひとつ家具を移動し、プリンスの部屋からチェストを2つ、私たちの寝室に移動し、他にもちょこまかと動いて理想の場所に家具を移動させる。まさか年内にヨットが解体されてこの移動が完了するとは思っていなかったので、とても嬉しい。

3時くらいまで動いて、そこから4時まで休憩。

夜は、家族プラス私のママさんとでクリスマスディナーへ。終わり頃に、今年のGWに行った北海道でお世話になったIさんが、レストランに会いに来てくれた。

Iさんって本当に面白い人で、話していると笑いのセンスが磨かれる。こうでなくちゃいけないな、と思う。

友達が、「サンタの追跡」という、今サンタがどこにいるかがわかるオンラインサービスを教えてくれた。「今、サンタさんはオーストラリアにいます」とかいうLI

NEが来る。

プリンスは大興奮。「やっぱ、今はサンタさんもグーグルマップ使うんだねーー」と感心している。

プリンスはサンタさんに聞いてもらうために、ピアノで『チューリップ』と『猫踏んじゃった』を弾いてiPadで録画している。間違えて何度も撮り直し、5回目くらいでやっと達成。

録画したiPadと牛乳、コーヒー、クッキーとチョコレートをリビングの机にセットしてから、寝た。

「今年はサンタさんに頼むものがないから、いいや。欲しいものができたときに連絡することにする」なんて言ってリクエストがなかったけど、朝起きて何もないのはつまらないので、ちょっとした組み立てのおもちゃを買って、0時過ぎに靴下の中へ。それから夫が飲み物を飲んでお菓子を食べ、左手で書いたサンタからのクリスマスカードを置いた。

12月25日（月）

今朝、プリンスは起きてすぐにリビングにダッシュして、「あれ、頼んでないはずなのに」と、サンタからのプレゼントをびっくりしながら開けていた。

左手で書かれたカードを見て、「これ、ボクの字じゃない？　サンタさんが真似して書いたんだね、きっと」とか、「ピアノ、聞いてくれたかな」とか、「見て、両方とも飲んでる」とか嬉しそう。サンタクロースって、本当に幸せな世界の習慣だよね。

「サンタの追跡」を見たら、まだ世界中にプレゼントを配りながら進んでいた。今アフリカのあたり。配り終わったプレゼントのカウント数がすごい速さで増えている。ヨットがなくなったリビングを素敵にするべく、ああでもない、こうでもないと頭の中の見取り図を描き直している。これをあっちに、あの向きを変えて、あれをしまい……。

こういう作業、私大好き。今回もプリンスに手伝ってもらいながら、ほとんどの作業を夫が帰ってくる前にやり終える。

「帆帆ちゃんってほんと、現場力、あるよね」と夫がつぶやいていたけど、正確には違う。自分の気が乗っていることなら力仕事でもなんでもできる、というだけ。

夕食のときにプリンスが言っていた。

「ボク、すぐに幸せになる方法、知ってるよ？　ママとベッドでギューッとしてからオレンジジュースとミルクを飲むこと」

だそう。

12月26日（火）

リビングのヨット解体のことを思い出して感じるのは、やはり何かをするときの「方法」というのも、それを考えて気持ちがパーッと明るくなる方を選ぶべし、ということ。

チェーンソーで自分たちでカット、というのはどうも面倒で気が進まず（アマゾンで買ったチェーンソーも使えなくて返品したし）、業者さんを手配するというのもなんだか気が進まなかった。それが「時間をかけても自分たちでゆっくりやろう」と思った途端、パーッと気持ちが晴れたもんね。この感覚よ、全ての選択の基準は。

「サンタの追跡」を今日見たら、ちゃんとサービスが終了していた。よくできてる。

今日もリビングの改装に取り組む。ママさんも来てくれたので、考えていた家具移動の続きを実行。ソファを壁際と窓際に寄せて、間の空間にベランダに向けてテーブルを置きたい。ちょっとコーヒーを飲んだり、ちょっと書き物をするような場所。

考えていた丸テーブルの脚を置く。ガラスの天板を奥の部屋から持ってくるだけで一苦労だったけど、のせてみたら大きすぎた。ここに丸テーブルは諦めて、代わりにアンティークのキャビネットを置くことにする。でもこれもいまいちしっくり来ないので、元々あったダッシュボードを戻して、向きを変える。

そのたびに、家具の下に布を敷いてあっちこっちに移動。

後ろにかかっている絵も、そのたびに動かしたり、また元に戻したり。

ダッシュボードの向きも、何度もやり直し、3時間ほど経って、ようやく落ち着く。はじめに比べると、結局ダッシュボードの向きを変えただけの変化に見えるところが残念だけど、いろんな配置を試した結果なので、納得。

12月27日（水）

今日から数日は自宅で仕事。取材の原稿チェックやコンテンツの更新など。

そう言えば、私がデザインしているジュエリーブランドの名前を新しくすることになった。

どんな名前にしようか。こういうことは「さぁ、考えましょう」とみんなで机に向かって出てくるものではないので、「すごくいいのを思いつく」と一度しっかりと宇宙にオーダーしたら、あとは流れに任せよう。

ベランダに向けて丸テーブルを置きたいと思っていた場所、「天板をこっちにしたら？」と夫が言ったものに置き換えたら、ぴったり。同じメーカーの、一回りサイズの小さい丸いローテーブル。

夜はキールさんと食事。2020年に私がインドの国際会議で話すきっかけとなったキールさんだ。

最近のことを話して、ワシントンであった平和イベントの報告も聞く。

今年、家を買ったそうで、来年は投資の勉強をすると言っていた。キールさんが勉強すると言ったら、本当にコツコツきちんとやりそうなので楽しみ。体をメンテナンスするために最近始めたという「カリステニックス」のことを教えてもらった。来年やることのリストに入れよう。来年、「宇宙サロン」で瞑想セミナーも再開するので楽しみ。

12月28日（木）

私は今、日々、意識改革がなされている。ひとつ上のステージを目指すことに決めた以上、それに必要な思い込みからの解放や意識の拡大がなされているという感じ。心が前よりずっと開いているし、ものすごく自由で軽やか。

最近、プリンスは『ドラゴンボール』にハマっていて、暇さえあれば私に技を仕掛けてくる。

「ママ、戦おう」「ママ、本気の天下一武道会、やりたい？」「ママ、ボクすっごく強くなったから見といた方がいいよ」など。

常に「ママもやりたいでしょ？」のスタンスが笑える。

12月29日（金）

「宇宙サロン」の新年初めのワークを、一足先に実施する。私の人生の青写真。プリンスの受験が終わり、ここから新たな人生の幕開けという気分だ。

制限や我慢がなくなったので、これからの希望が次々と出てくる。世界が広がる。

我慢がなくなるというだけで、この広がり。

プリンスは、私のためにいそいそとコーヒーを淹れている。

小さなクッキーまで添えてあって。

部屋の掃除も模様替えもだいたい終わり、新年を迎える準備はできた。

12月31日（日）

ハレクラニ沖縄に来ました。

迎えてくださった支配人のYさん、ちょっとふっくらされたな、と思っていたら、

「Yさん、痩せたね」と夫。

そう……行きの飛行機。私のチケット手配ミスの後、2席は一番後ろの隣同士の席が取れ、残りの2席は前に席のない4人席の右と左が取れた。多分、プリンスは私と隣がいいと言うだろうから、私とプリンスが一番後ろの2人席で……と思っていたら、乗る直前に、「今日はパパの隣がいい」と言い出して、2人が後ろへ。そして私とマ

マさんは、4人席で真ん中が親子だったので、席を交換してくださり、並んで座ることができた。

そのおかげで、びっくりの展開になる。

ジュエリーブランドの新しい名前が決まったのだ。「#CHEERS HEART」

離陸してすぐ、私が最近よく見ているネトフリのドキュメントドラマを見ていた。するとそこに出てくる人たちが「ハート」に関係のある名前だったことに気づく。

「そうか、ハートね……ハート」なんて思っていたらママさんが、「ジュエリーブランドの新しい名前だけどね、なんかこう、心がワクワクするような、ひとりひとりを応援するような、そういう名前がいいわよね」と言ってきた。

そう言えば、次の新作は赤いガーネットのハートペンダントだったので、新しいブランドのスタートにもちょうどいい。「ハート」という言葉を使うことに決定！

そこから頭でいろいろ考えているうちに、だんだんわからなくなってきて、「ハート」という言葉自体に疑問が出てきた。

「ちょっと休憩しよう」

「熟成、熟成」

と言って、そこから離れる。私は機内で読もうと持ってきた本を開く。するとそのページに、「心を開く」とか「心に素直に」という言葉がたくさん書いてあり、やっぱり「ハート」という言葉は使っていいんだな、とわかる。さらに、そのページが111ページ……これが決定打。

そして、「応援する、乾杯」という意味のあるCHEERSに決定。

#CHEERS HEART

「これが決まるために、チケットを取り間違えたのよ。だってプリンスと並びの席だったら、2人でこんなにゆっくり話せなかったもの」

「絶対そうだよね、まさかここに意味があったとは思わなかった……」

と2人で興奮。

プリンスはプリンスで、パパと隣でいろんな映画を見て楽しかったそう。すべて、うまくできている。

さて、部屋で休んでから、年越しのガラディナーへ。

今回は、ママさんが隣のコネクティンググルームなので、気持ちが楽。

沖縄とハワイが融合したメニューで、飲み物が充実していた。

私はシャンパンを2杯いただいてから、さんぴん茶のアルコール入りと赤ワインを少し。ママさんはサングリア。

プリンスは生バンドの曲が終わるたびに、「ブラボー」と叫んでいる。

たっぷり食べたので、部屋に戻って少し休む。

「年越し蕎麦はダランとした格好でいいよね？　ダランQでいくわ」と夫。

11時半にカジュアルレストランに降りる。外ではバンドの生演奏。踊りたくなるナンバーが次々と演奏されている。昔の曲っていいよね。ほとんどのヒットナンバーが、ママさんが若かった頃のものだ。あっちに夫の知り合い家族が、こっちに別の知り合いが、と、バッタリも多い。

シャンパンが配られて、みんな外へ出る。

バンドの曲の後に、カウントダウン、そして花火――――！！！

とってもよかった。これまでの新年の中で、最も幸せを感じたかも。

感動と幸せと感謝のため息。動画撮影。乾杯とハグ。

バンドが再開して、踊りもまた……というところへ、なんとプリンスがみんなの最前列スポットに飛び出して踊り始めた。地面に手をついてクルクル回るダンス（なんて言うの？）、あれも混ぜたりして、絶妙なリズム感で体をくねらせ……驚いた。一体どこで覚えたのだろう。面白い。ステージ上のギタリストがプリンスに「いいねジェスチャー」を送っている。

どんどんヒートアップし、最後は私も引っ張り出された、プリンスに。

プリンスの新しい一面を見たね。

「すごいじゃない！　よかったよ」と戻ってきたプリンスに言うと、「ホントはやりたくなかったんだけどさ」とか言って、こういうところがプリンスの一筋縄ではいかないところ。

部屋で1時半くらいまでおしゃべりして、寝た。

2024年　1月1日（月）

明けましておめでとうございます。

9時半にお節予約のはずが、夫が7時半と間違えて2時間も早く目が覚める。

じゃあ初日の出を見に行こう、とホテル内をプラプラ。地平線から出てくるところはホテルからは見えないので、山の稜線から昇ってくる場所で、じっくりと。人が誰もいないのがいい。満足。

9時半に、予約しているお節を食べに行く。

お節はこういうのがいいよね。美味しくて少量の。

次は書き初め。今年も私は篆書体で書く。今年も夫が真っ先に書き始め、ママさんは、自分の好きな言葉の見本を見ながら丁寧に。私は見本もなにも、二度書きもなぞり書きもよしとしているので、気に入った形になるまで何度もなぞった。プリンスは自分の名前、「辰」、「新一年生」、そして、「健康第一」を書いた。

お腹もいっぱいだし、ちょっと部屋で一休みでもして、と私と夫が思っていたところへプリンスが「さ、ちょっとプールにでも行って」とか言うので笑った。


さ! プール行きましょ!

ひと泳ぎして、部屋で休んでいたら、突然、テレビで緊急地震速報。石川県の方で大きな地震があったらしい。見ている間にも何度もスマホの緊急地震速報が鳴り、津波警報も出始めた。

ＮＨＫの女性アナウンサーの緊迫した呼びかけが続いている。

津波が3メートルから5メートルを超える予測になったらしく、アナウンサーの声が一段と強まった。

「命を守ってください、すぐに逃げてください。他の人にも津波が来ることを伝えて、ためらわず、東日本大震災のことを思い出してすぐに逃げてください」など。これくらい伝えてくれると、緊迫感が伝わる。

今、見ているテレビ画面の中で、砂煙を上げて倒れている家がある。

津波が来る範囲も日本海側のかなり南の方まで広がっている。

1月2日（火）

朝食。新年なのでビュッフェにお雑煮がある。数種類のデニッシュと卵料理、ベーコンとソーセージ、フルーツジュース、ご飯と納豆、梅干し、アグー豚の煮付け、そしてお雑煮を食べる。

今回はよく考えて本当に食べたいものだけを取ってきたので、綺麗に食べ終える。プリンスは、「前のときも、パパはそれを取っていたよね」とか「前はこれはメニューになかった」とか、そういう細かいことをよく覚えている。

食後の美味しいコーヒーを飲みながら、私は今年の4月、仕事でここに滞在したときのことを考えた。仕事の合間にひとりでホテルライフを満喫できた滞在。

朝食の後、昨日と今日だけやっているという縁日に行ってみる。テニスコートに、ヨーヨー釣りとゴム草履の的当てと、ピンポンダッシュと射的があった。どれも本当に狙って、楽しめる。ピンポンダッシュは、お玉にピンポン球をのせてゴールまで運ぶタイムを競うのだけど、夫が暫定(ざんてい)1位となった。他の競技は、高得点だとハレクラニグッズがいただけるそうなのに、これは1位になると……フロ

ントのボードに名前が載るらしい。ククク。

終わってから前の海でちょっと遊び、その後プールで1時間ほど遊んでから急いで荷物を詰めて、14時過ぎにハイヤーに乗る。最後に、副支配人のIさんとお正月飾りの前で写真を撮った。

で、今、夜の10時半で、またハレクラニ……。

羽田で炎上事故が起きているようで、私たちの乗った飛行機は、近くまで行ったのに降りることができず、那覇空港に引き返したのだ。びっくりした。「状況観察」などではなく、いきなり「戻ります」のアナウンスに、機内がどよめく。

那覇空港に戻ってすぐに、ハレクラニのIさんに電話。部屋は空いているので押さえてもらったら、「多分タクシーも乗れないと思いますし、ハイヤーも手配できない時間なので、今からお迎えにあがります」とのこと。ありがたい（泣）。ここはお言葉に甘えることにしよう。

待っている間に明日以降の飛行機を探したけれど、全て満席。そりゃそうだろう。唯一空いていた5日のＪＡＬを3人で予約。夫はどうしても明日中に帰らないといけないので、まだ探している。大阪まで飛んで、そこから新幹線というのが濃厚そう。とは言え、新幹線も立ちらしい……クー。

数時間前に、「お世話になりました、また3月に〜」と皆さまに挨拶したハレクラニ、再び。「お帰りなさいませ」のお迎えの言葉に、「ホント、お帰りなさいだよ……」と思う。

部屋に入り、途中で寄ってもらったコンビニで買い込んだおにぎりをパクパク食べる。お酒もぐんぐん。事故は、JAL機と海上保安庁の航空機の衝突らしい。JALの乗員は全員脱出で無事だという。

お正月早々、いろいろ起こる。

冷静になって考えてみると、なんともアンラッキーな話だ。私たちのひとつ前の便までは成田が受け入れてくれて降りられたらしい。私たちから後ろはそれぞれの空港に戻され……。

そしてもうひとつ。思い返せば、このひとつ前の便にするか、後にするかで迷ったとき、「レイトチェックアウトのギリギリまでいようよ」と言ったのは私だった……。

1月3日（水）

夫は9時頃にホテルを出発、空港へ。私たち3人は、もう5日の飛行機でいいよね、ということになった。これも何かのご縁、沖縄観光でもしようということで。

そうだ、首里城に行こう！　実はプリンスの幼稚園の宿題で、世界遺産に行って感想を話す、というものがあり、「沖縄に行くから首里城に行けるね」と言われていたのだけど、ハレクラニのあたりから首里城は遠く、スケジュール的に無理なので、東京近郊の世界遺産に行こうということになっていたのだ。でも「沖縄に来ているのに、わざわざ行かないのもね……」とうっすら思っていたので、ちょうどいい。

早速、那覇市内のホテルを予約。

ママさんとプリンスが朝食ビュッフェに行っている間、私は仕事。

夫は、羽田便に1名キャンセルが出てそれに乗れたらしい。よかった！

プリンスは朝食から戻るなり「みんなが、大変でしたねーって言ってきて、僕たちのこと知ってたよ。ボクが言ってないのに、だよ？」と興奮していた。

3時。今度こそチェックアウトをして、今度こそ「さようなら」とご挨拶をして車に乗る。プリンスは「また戻ってくるかもよー」なんて、すっかり仲良くなったスタッフのOさんに窓から叫んでいた。

那覇市に着いて、夕食はホテルで。夫も無事に自宅に帰り着いたようだ。

こういうこと、実はたまにある。理由はなんであれ、旅行中、夫が先に帰り、私たち3人が残るというパターン。パリもそうだったし、あと国内でもちらほら。

「でもその残りの旅行、毎回充実してるのよねーー」

「そうそう（笑）」

とか、ママさんと話す。

1月4日（木）

朝食は、ネットで調べた「BUY ME STAND」というオープンサンドの美味しいお店に行くことにした。グーグルマップに入れたら、渋谷が出てくる……ん？　ここは、いつも若者たちが大勢並んでいるお店だ。前を通るたびになんのお店なんだろう、と思ってたところ。そのお店の沖縄店だって。渋谷のお店にわざわざ沖縄で……（笑）。

雰囲気も内装もハワイのようなお店だった。ハワイの裏通り。日常の朝ごはん。サーファーのような地元の人が入ってきたり、バックパッカーの外国人がいたりする。

「自分の若い頃は絶対になかったけど、行き当たりばったりに世界を旅行して、視野を広げて、自分の人生は何をしようかな、みたいなことをしたくなる人の気持ち、今ならわかる」とバックパッカーのお客さんを見ながら話す。

世界は広いし、いろんな価値観があり、やりたいことも無限に広がっていく。単純に、世界を旅すると視野が広がるしね。でも、20代の私にそんな考えはなかったし、そんなことを年上に言われても意味はわからなかった。柔軟性もなかったし。

この年齢になってみたからこそ、わかることがある。

「その年齢のことは、その年齢になってみなくちゃわからないのよ」とママさんが前に言っていたけど、そういうものだろう。

美味しかった。特に、シナモンシュガーがたっぷりかかったトーストを牛乳に浸して食べるのが癖になりそう。

気分よく、次は首里城へ。

首里城は、中の復元工事の様子がよく見えるようになっていた。プリンスも熱心に眺めている。作り方が説明されているビデオもきちんと見ているので、「完成したら、また来ようね」と話す。

中の施設でお昼を食べて、タクシーで最寄りのモノレールの駅へ。運転手さんがプリンスにいろいろ話しかけてくれるのだけど、方言交じりなので、何を聞かれているのかわからない様子。「えいご?」と私に静かに聞いていた。

モノレールに乗って、国際通りに近い駅で降りた。

通りに入ってすぐ、「あらー、これかわいいわー。プリンスによく似合うわよ」とママさんが言うので、「SPAM OKINAWA」と書かれた、かなり観光客的な、でもたまに見かける男の子のキャラクターのTシャツを買う。

それからプラプラ歩く。

ふと目にとまったお店に入ったら、そこでずっと探していた「石の置物」を見つけた。以前から、オフィスに飾れるような石の置物を探していたのだ。

白い石で彫られた、顔があるかないかの癒し系のシーサー？　店の中に同じ作家さんの似たような置物がいくつかあったけれど、あの玄関に置かれている、あの顔が気に入っているので聞いてみたら、すぐにオーナーに電話をしてくださり譲ってくださった。

とても嬉しい。これは2体で1対ではなく、単体で完成しているシーサーなんだって。

重いのでタクシーでホテルに帰る。


夜はタクシーの運転手さんに教えてもらって、プリンスが「行きたい！」と言ったペンギンのいるダイニングバーというお店に行ってみる。

ペンギンは確かにいた……が、料理が……。

ママさんと苦笑いしつつ、なぜ沖縄でこんなものを……というピザとかチキンとか、なんとか風サラダを頼み、とにかくプリンスが楽しみにしている餌やりタイムの時間までジーッと我慢した。私たち以外のお客さんは、全員中国人か台湾人。

無事にペンギンに餌をあげて、お店を出る。

1月5日（金）

無事に帰ってきました。

帰りの那覇空港で、案の定、手荷物のスーツケースにドデンと入れた石の置物が手荷物検査で引っかかった。「これは何ですか？」と開けられそうになるが、「石でできたシーサーだよ!?」の息子の一言で無事通過。

プリンスが鼻息を荒くしているので聞いてみたら、「だって、神様を運んでいるんだよ？　それなのにさ（変なモノなわけないじゃん）」だったそう。

私は、開けるのはいいのだけど、厳重に梱包してくださったこれをまた包み直すのが……と思っていたので、通過してよかった。

1月7日（日）

「宇宙につながるサロン」のことを日々考えている。

新しいメンバーも入り、2000人ほどになった。

今のところ、「宇宙サロン」は私の最先端。本とは違って、時差なく情報を伝えられるところがいい。

1月8日（月）

録画している『ワイルドライフ』、今回はセイウチ。朝食のときに見ていたら、セイウチの雄が雌の上に馬乗りになっている交尾のシーンが、巨体なこともあってものすごく生々しいので、「ねぇ……（番組）変えない？」と夫に言った。

でもその場面はプリンスに言わせると、「ギューッてしてる。仲がいいんだね」ということだったし、その後の別シーンで、死にそうなセイウチに「老齢で体力を消耗し生きる力もない」という暗いナレーションが入る場面については、「おばあさんで、もう疲れちゃったんだって」という訳になっていた。

そしてその後、「多分、死ぬってことか？」とつぶやいている。

1月9日（火）

びっくり！　さっき、私が長年探していた人とつながった。

それは、これからやりたいと思っている仕事で必要な人。それができる人が見つからなければ、この仕事はできない、というくらい重要な人。長年探していたと言っても、例によって、私が自分で一生懸命探してはいない。いつか必ず見つかるだろう、と確信していただけ。それが今日、遊びに行った友達の口からポロリと出てきたのだ。

ものすごくびっくりして、「え……私、こういう人を探しているの、って私の方から言ってないよね？」と確認しちゃったほど。

宇宙よ、ありがとう。

1月10日（水）

今日から1泊で都内のホテルで仕事。プリンスのお迎えに行ってからチェックイン。

すぐに集中して仕事。

1月11日（木）

レイトチェックアウトで2時半まで滞在し、プリンスのお迎えに。

今回のホテル、リニューアルしたそうなので泊まってみたけど、エグゼクティブクラブのラウンジで出てくる食べ物といい、ホテルスタッフのサービスといい、正直、いまいちだった。この業界は今、とにかく人手不足と聞いているけど、それがはっきり表れている。ホテルスタッフの教育にものすごいムラが……。

夜は、「宇宙サロン」で開運セミナー。

1月12日（金）

今、考えると憂鬱な気持ちになることがある。同時にうっすらと怒りも湧く。それは、その事態が私のせいではなく「あの人のせい」と感じるからだ。

でも、あの人のせいではないのだと思う。心を広くして乗り切ろう。どうしてあんな風に……と過ぎてしまったことを後悔するのではなく、今できることを考えよう。

1月13日（土）

何が起きても、人のせいにすることはやめよう。

あのことを数時間に一度思い出すとまだどんよりするけど、挽回できる手を打ったので、もう考えるのはやめよう。むしろ、この挽回のための動きは、何も起きていなかったとしてもやった方がよかったことなので、気づけてよかったと思おう。

プリンスのお稽古の間、夫とカフェで並んで仕事。たまに思いついたことをポツポツと話しながら。すると夫の向こう側の席の男性がチラッと私を見て、「YouTube いつも見てます！」と言ってきた。おお、と思い、そこから会話の声を小さめにする。

何も予定のない土曜の午後はいい。とてもゆったりした気持ち。最近の私はとにかくオンラインサロンが楽しいので、今日もいそいそと更新をする。

1月14日（日）

映画『PERFECT DAYS』はすごくいいよ、と以前試写会に行った夫が言っていたので、急に2人で見に行った。プリンスはお留守番。「まぁ、トイレの映画は、ボクはいいや」と言ってくれたので。

映画館までの道で、思わぬ人と遭遇した。

この1ヶ月ほど、ずっと会いたいと思っていた人。会って、一言お礼と他にも伝えたいことがあったのだけど、わざわざ連絡して伝えるほどのこともないので、どうしようかと思っていたところだ。こんな、うちの近くの道で角を曲がったら向こうから歩いていらっしゃるなんて、そんなこと、あり得る？　夫と2人で興奮する。向こうも、こっちのわけのわからない盛り上がりに驚いていらした（笑）。必要なことを伝えられて、本当に良かった。思っていれば、会えるね。

そして、こういうことも、多分、この間の出来事を、人のせいにせずに乗り越えたからだとうっすら思う。

映画は、素晴らしく良かった。このトイレ清掃員の主人公（役所広司さん）は、自分の人生にとっても満足している、ということが伝わってくる。

この「自分だけが感じていればいい感性」や、それを他者と共有する小さな秘密や、人生の醍醐味を充分に味わって生きている、というこの感覚で私も生きたい。

トイレ掃除が「素晴らしいこと」みたいに描かれていないのも良かった。外国人の映画監督かぁ、納得。そして「人生は素晴らしい」ということを、最後、運転している顔だけで表現し尽くす役所広司さんは、やっぱり、すごい。

1月15日（月）

まだ1月も15日かぁ。最近、未来のいろんな計画のことを考えているので……が原因かはわからないけど、まだ1月か、という感じ。年明けの沖縄なんて、はるか遠くに感じる。

三笠書房の人たちと久しぶりの会食。私の長年の担当さんも、もう70歳。時が経った。

今日、またひとつ、ちょっと気持ちが落ち込むことがあり、この間の「人のせいで失敗した」と感じられた出来事をまた思い出したり、未来のことを考えたりしてなんとなく気持ちが落ちる。

夜になっても憂鬱な気持ちのまま。こんなときに気持ちを上げるためにLINEしたい人がいるんだけど、今、忙しそうだから控えよう。

1月16日（火）

昨日の夜中に憂鬱だったことを、ママさんに話す。ちょうど今日の午前中、2人で行かなくてはいけないところがあったので、行きの車の中でゆっくりと。こういうタイミングで2人だけの時間が用意されているところも含めて、よくできているな、と思う。

そして、話しているうちに完全に答えが見つかってすっかり回復した。やっぱり私にはママさんとのこの会話が必要。大事にしよう。↑いまさら!!

帰って「宇宙サロン」を見ていたら、ディズニー映画の『ウィッシュ』について投稿している人がいた。

これ、プリンスが見たいって言ってた映画だ、もうやってるのね……とネットで見てみたら5時半の回がガラガラなので、見に行くことにした。

幼稚園の帰りに「今から『ウィッシュ』を見に行くよ」と話したら大喜び。行くまでの時間も待ちきれないそうで、しっかり出かける格好をしてからテレビを見ている。

『ウィッシュ』……まさかの英語だった。全く確かめなかった……ごめん、プリンス。もちろん字幕は読めず。仕方ないので大事なところだけ小声で説明する。はじめは「これは大変、最後までは無理かも」と思ったけど、ディズニーって歌も多いし、歌の部分は話が進まないし、どうでもいい会話も多いから、説明しなくちゃいけないところはごくわずか。そしてプリンス、すごい理解力で、ほとんどわかっていた。

国民の夢を王様が「叶えてあげる」と言いながら実は奪っている、という話をしたときも、「夢は、自分で叶えないとね」とか言ってたし、「勇気がもらえる映画だね」なんて言っていた。歌の最中も言葉を説明しようとしたら「ママ、静かに。この歌を聞きたいんだから」とか言われ……。

途中、プリンスがポップコーンをひっくり返し、周りに人は少ないし残りも少なかったのでまだ良かったけど……子供がひとりもいないので冷や冷やした。

それにしても……今日のこの映画の英語は、私が最近、プリンスの英語のことを集中して考えていたから引いちゃったんだな、と妙に感心した。

帰りは寒かった。風も強く、耐えきれずに2人で走って帰る。

1月17日（水）

プリンスが食事をするときのお行儀が悪い。思いっきり足を広げて、体も斜めにして食べていることがある。「その足！　体もまっすぐにして」と言いながら、昨日のこぼしたポップコーンのことを思い出していたら、「こんなだからポップコーンをこぼすんだよね」とプリンスの方から言ってきた。プリンスって、こういうことがよくある。今、私が考えていたこと、言おうと思っていたことを先に言ってくること。

午前中、ある会社の社長さんと打ち合わせ。

そこで思わぬ提案をされる。それは私が「今後、こうなっていくと最高だな」とうっすら思っていたことだった。さらに付属的に提案されたことも、「その部分、やってくれる人を探していました！」という、まさに完璧な提案。この間の「探していた人とのつながり」といい、今日のことといい、なんだか人との出会いが続いている。

終わってからも、仕事について夢中で考えていたら、プリンスのお迎えの時間を間違えており、幼稚園から電話が……反省。

1月18日（木）

#CHEERS HEARTのロゴデータを発注したり、特許を申請したり、する。

1月19日（金）

免許の更新へ。1時間で済んだ。前回はすごく大変だった気がしたけど、あれは違反者講習だったからか……。

仕事に集中すると目を酷使するので、最近すぐに目が痛くなる。様子を見ながら、休憩を挟みつつやるしかない。そして適切なビタミンを忘れずに飲むこと。

夜は、夫と友人のご主人との合同還暦のお祝いで、友人たち7人で集まる。

私は、このメンバーで集まるのをずっと心待ちにしていた。事の発端は一昨年。この中のひとりの家に遊びに行ったとき、もうひとりのご主人も私の夫と同い年だとわかり、息子の受験が終わったら全員で集まろう、と話していたのだ。それがやっと実現。

このメンバー（特に女子だけ4人）は、最近私の中で最も面白いと感じるグループ。みんな行動が早く、切り替えが早く、何より価値観が一緒なのでとても楽。今回、このお店を決めるときも、一応私が言い出したのでお店を提案してみたけど、そこから決まるまでのスピードの速さといったら……（笑）。

笑いっぱなしだった。中でも一番面白いミッちゃんは、途中酔っ払って「もう……みんな、食っちまうぞ」とか言っていた。それに「食って」と即答していた私の夫。

ミッちゃんと夫は、ギャグの方向性が似ている。

1月24日（水）

体操服とかトレーナーとか、プリンスの学校のものが揃い始めて実感が湧いてきた。制服の採寸があった12月の初め頃はまだピンと来ていなかったけど。この制帽が……上がる。

私の弟も同じ学校に通っていたので、写真を撮ってＬＩＮＥする。

久しぶりにプリンスを連れてデパートへ。

デパートに入った途端、ひとりでズンズンと自信を持って進んでいくプリンス。考えてみると、プリンスって、私の横を静かに並んで歩いている記憶があまりない。小学生から毎日電車通学なので、公共機関でのマナーを教え続けているけど、電車に乗る機会が少ないから、なかなか……。

「大丈夫よ、あなたのときだって、あんなに小さな子が渋谷の雑踏を歩いていくかと思うと私は冷や冷やしたけど、なんとかなるものなのよ」とママさん。

まぁ、ね。プリンスは、ひとりのときにはものすごくしっかりきちんとしているので、日々教えていることがどこかに残っていることを期待する。

プリンスの買い物は1時間で終わり、疲れた母を駐車場まで送ってから、また戻って地下で食料品を買って帰る。「こういうときは何かお土産を買って帰って、家でゆっくりする気分じゃない？」とかプリンスが言うので、イチゴのケーキも買う。


夜、とっても気持ちが華やぐ嬉しいＬＩＮＥが来た。来るんじゃないかな……と思っていた数分後に。私、今、勘が冴えてる。この間も、ある人が夢に出てきて、ものすごく忙しそうに、「今忙しい」って私に言ってくる夢だったので、試しにＬＩＮＥに書いてみたら、本当に「忙しさのピーク」ということがあった。

1月25日（木）

昨日の夜の、あのすっごく気持ちが華やぐ嬉しいＬＩＮＥを思って幸せな気持ちで寝たら、今朝、起きる前から気分がよかった。いいね。

5時に起きて、そのまま朝のワーク。朝のワークとは、毎朝自分の未来を妄想すること。これから自分がどうしたいか、どうなりたいかを考えること。このワークに入るとすぐにエネルギッシュになるのがわかる。

夫が起きてきたので、「最近、毎日震えるほど幸せ」と言ったら、「寒いんだよ、この部屋が」だって。

今日も「宇宙サロン」にいろんな投稿をする。正確には投稿するための撮影をしたり、記事を書いたり。この作業は私の何かを整えてくれる。

幼稚園の後、習い事に行き、プリンスの先輩K君とそのママと夕食をとる。

日々、私や夫にドラゴンボールの技を仕掛けて「オレ様にかなうヤツはいない」とか言っているプリンスなのに、「K君にはかなわないなぁ」なんて、尊敬を込めて言っていた。

1月27日（土）

まだ1月か……。どんどん進めているので、ずいぶん長く感じる。

2月末に、リッツ・カールトンで「宇宙サロン」のオフ会をする。「宴会の名前は何にしましょう」とリッツの担当さんに言われたそうで、「浅見帆帆子　宇宙サロンオフ会」となった。本当は「宇宙ミーティング」がよかったんだけど、ホテルに掲示される宴会名が「宇宙ミーティング」じゃちょっとね（笑）。

最近、土曜の午前中は、プリンスが習い事をしている間、あるカフェで仕事をしている。隣の夫は新聞を読み、みんなそれぞれの作業に集中。今日は、私の母校から依頼された、創立150周年記念の企画への原稿を書いた。

午後はプール。この寒いのに、プール。

このプールの水は、外国人用なのか、とても冷たい。

帰りに、たまに寄るお惣菜屋さんで夕食を買う。人参とレーズンのサラダ、ローストビーフ、ルッコラのお浸し、ポテトコロッケ。

1月28日（日）

今日は宇宙サロンの「引き寄せクラブ」のZoom会があり、朝からとても楽しみだった。サロンの中にはいくつかクラブがあり、Zoom会はそのクラブ活動の一種。

今回は、この1ヶ月に体験した「引き寄せのコツ」を話すので、それを整理する。

この1ヶ月で3つの素晴らしい引き寄せがあった。どれも人との出会いだったけど、どれにも共通するのは、「こういう人と出会いたい」とはじめに思った後、「いつか必ずそうなる」という未来の予定として決め、あとは流れに任せたということ。

必死に探してはいけない。タイミングが整うと、最高のコンディションで目の前に現れる。今回の出会いも、もっと早くに私が必死に探していたら、会うこと自体はできたとしても、こんなような最高の「出会い方」にはならなかったと思う。
お互いに、「今が最高」という状態が整っていた。

1月29日（月）

昨日の宇宙サロンでのZoom会は、最高だった。
今朝の寝起きの爽快さで、それがわかる。

さて誕生日、47歳になった。
これと言って変わりはない。
昼間は仕事をする。新しいブランドのロゴができた。
HPも整えるのだけど、まだイメージが湧かない。

夜、「ピーター・ルーガー」で誕生日のお祝いをしてもらう。
このお店、平日の夜はこんな感じの客層だとは知らなかった。男性ビジネスマンの接待場所だ。アート系の自由な感じから、かっちりしたスーツ姿のグループ、そして外国人。家族連れは向こうの方のソファ席に1組だけ。

夫からのプレゼントはワンピースとコート。

前菜にルッコラのグリーンサラダを食べ、わかりやすいTボーンステーキ、付け合わせにほうれん草とマッシュルーム。デザートプレートとケーキをいただく。今年も夫が描いた絵が披露され、プリンスの作った飛び出すカードを嬉しくもらう。

帰ったらもうひとつケーキが届いていて、夫とプリンスの写真が印刷されていた。

1月30日（火）

まだ1月か……。韓国のサイトで、安くて「こがわいい」雑貨をまとめて買ってみたのが届いた。自宅用化粧ポーチ（大）、スマホの卓上ホルダー、夫の室内履き、リーディンググラス、メガネケース、キッチンのリネンクロスなど、これだけ買って5000円もいかなかった。リーディンググラスなんて、ひとつ買ったつもりが同じ金額で違うデザインが4つも入っている。こういう小さな買い物って、とても楽しい。

夜は、ピグミンの会で誕生日のお祝いをしてもらう。久しぶりのお鍋のお店。少量ずつだけど、しっかりとお腹がいっぱいになる。

1月31日（水）

いつも自分の洋服を買いに行く暇がないので、この数年はだいたいネットで選んでいる。たくさんの中からやっと自分の気に入った1着を見つけて購入しても春は講演会や集まりが多いので、追いつかない。私は10年前の洋服でも気に入っているものはとても大事にしているし、また着たくなるので、目下、増え続ける洋服をどう収納するかというクローゼット問題が最も悩ましい。

ＩＫＥＡに行く。プリンスの子供部屋を改装するので、ベッドや机を見る。かわいくしつらえた子供部屋を見るのは楽しい。見た目のかわいらしさやワクワク感だけで決めた。ベッドと机、衣装戸棚。それらが収まったら別のお店で本棚を選ぶ予定。

夜、私がほぼ毎日身につけているパールのピアスをなくした。オフィスで、いつの間にか外れていた。探さないと……。

2月1日（木）

私は自分の美容関係に手を抜いている。と言うか、ほとんど全く興味がない。高価なナイトクリームをいただいたことをきっかけに、ここはいっちょ、少し興味を持ってみよう、と美顔器を買ってみた。と言うか、昨年、広告に踊らされてテレビショッピングで買ってみたけど使わないから実家に置きっぱなしだったそれを持ってきた。それから自宅で筋トレも始めてみる。どちらも、続かなそうな気配がムンムンする。

流れがいいときって全方向でよくなるので、いろんなことがどんどん進んでしまい、時間と人手が足りない。

2月3日（土）

昨日は飲みすぎた。私のお気に入りのお店で、夫の還暦の誕生日をお祝いしたのだけど、サプライズで私たちの共通の友人カップルを呼んでいたから盛り上がってしまい、飲みすぎた。シャンパン1本、白ワイン1本、日本酒が3本空いた。黒龍のいいグレードの3本飲み比べ。私と友人のYちゃんは強くないのでもうやめようと思ったのだけど、飲みやすくてお寿司ともマッチして、くいくいと飲んでしまった。

そして今朝よ……昨日の日本酒が残っている。

遅い朝食の後、みんなダラダラして、寝室に行ったり、キッチンで何かをつまんだり、気ままに。その合間にも、プリンスはドラゴンボールの技を研究している。

衣装をネットで買った
こういうイメージだけど

まだ小僧

↑
スーパーサイヤ人の
髪の毛（カツラ？）
もあり、「ほしい」と
言われたが
さすがにこれはナシ

2月4日（日）

夫はゴルフ。静かな家で、プリンスは絵を描き、私は仕事。

先月から、次に出す日記（これ）の読み直しをしているのだけど、2月に入ってようやく気持ちが乗ってきた。日記は、いつもほとんど当時のまま無修正で出すのでそれほど時間は必要ないのだけど、やはり読み直すには気持ちが乗らないと、ね。

今日で、やっと先が見えた。3月の初めに提出して、夏前に本になる。

2月5日（月）

午後から天気予報通りの雪になった。

雪が降ると、どうしてセンチメンタルな気持ちになるのだろう。窓から雪を眺め、あることを思い、また少し仕事をして、また長く雪を見ていた。

雪の夜に向けて、おでんをたくさん作る。

夜、東京23区に大雪警報が出た。

2月6日（火）

幼稚園は休み。雪は雨に変わったので、これでもう溶けるだろう。

雨が止んだら雪だるまを作りに行こう、とプリンスが朝から言っているので、私は今日のスケジュールを考えながら準備。いつ雨が止んでもいいように。

3時からプリンスはお稽古がある。なので「2時50分になっても止まなかったら、お稽古に行くよ」と言ったら、「2時50分には降っていると思うけど、3時にはやんでいると思う！　どうしても雪だるまを作りに行きたい！」と涙目で言うので、様子を見よう。

で、本当に2時50分には降っていたのだけど、そこから急に空が明るくなってきて、3時には上がっていた。なので、今日はお稽古を休み、雪だるまを作りに行く。

でき上がった雪だるまを通りがかりのとても高齢のおばあさんが写真に撮り、「インスタにあげてもいいかしら？」と聞いてきた。時代だね……。

2月9日（金）

我が家の男どもの今朝の会話。

プ「シンちゃんとシラユキ、どっちを見る？」

夫「シンちゃんかな」

プ「オッケー」

何かと思ったら、シンデレラと白雪姫のことだった……。

2月10日（土）

プリンスがこの間の雪に触発されたのか「今年はスキーに行かないの？」と言うので、そうだよね……と思い出し、ちょうど3連休にみんなが空いているので、急遽、軽井沢にスキーへ。

お昼過ぎに着いて、今日はゆっくり休む。すぐに暖炉に火を入れて、裏から薪を運ぶ。かなり雪が積もっている。プリンスは庭で雪遊び。

「この間の雪だるまよりずっといいね」と声をかけたら、「あれはあれでよかったんだよ」と。

夜はお刺身と豚汁。

2月11日（日）

スキー。プライベートレッスンをお願いして、私と夫は下でお茶でも、なんて思っていたのだけど、3連休でプライベートはいっぱいだった。そうか……前回お願いしたときは平日だったかも。次回から予約ね。

よし、それなら一緒に滑ろう！　と切り替えて、まず初心者のスロープを2本。初心者のリフトがどんどん混んでくるので、上の中上級コースに連れて行くことにした。

プリンスのリュックに、ホカロン、砂糖菓子、タオル、小型懐中電灯、ポカリなどを入れる。上級スロープは幅も狭いし、万が一、左右に立っている柵を飛び越えちゃって……なんてことになったら困るから、万が一の備え、として。

プリンスを前に抱えて、滑る。ストックも横にして前に。このストックにプリンスが全体重をかけて寄りかかるので、それを支えるのが一番大変だった。腕がプルプル。途中、一度転んだら、初心者のプリンスがこの斜面で立ち上がるのがものすごく大変ということがわかった。立ち上がるのに10分くらいかかったので、もう絶対に転ばない！！！　と力を入れて滑る。もう、全身プルップルプル。

途中では「もうこの1本で終わりにしよう」と思っていたのに、下まで降りてきたら、「もう1本行こうか」という気分になり、結局てっぺんから3本滑って終わりにする。その間、パパはずっと下で寛いでいた。

フー、達成感。

昔は、一定の社交にテニスとゴルフとスキーがマストだったけど、「もうその時代じゃないかもね」と夫と話す。今でもそういうことに固執しているコミュニティはあるけど、プリンスはそこではないワールドで活躍するので必要ないかも。

2月12日（月）

今日は幼稚園で一緒のファミリーと遊ぶ。

みんなでボウリングをしてから、向こうの別荘の広いお庭で雪遊びをさせてもらう。

私たちはゆっくりおしゃべりして、子供たちはたっぷりテレビゲームもして、満足の1日。

夜の8時頃に軽井沢を出て、10時半に家に帰り着く。

急に思い立って行ったけど、行って本当によかった。

2月13日（火）

ヒッピーが遊びに来る。

全ての出来事に、自分と親との関係性、つまり父親への思いと母親への思いが影響を与えているという話を聞く。

2月14日（水）

最近、明け方、なんとなく未来に対しての漠とした不安がやってくるときがある。なぜそう感じるのか、分析中。

午前中、17日の講演会のひとりリハーサルをする。

2月15日（木）

これから一緒に仕事をすることになる会社のM社長と打ち合わせ。

打ち合わせをするたびに、気持ちが上がる。

プリンスは、ドラえもんの映画『STAND BY ME ドラえもん2』の主題歌『虹』を歌えるようになりたいらしく、この1週間ほど毎日練習していた。YouTubeで歌詞を探し、聞きながら自分で文字に起こして、いつの間にか全部歌えるようになっていた。私たちまで。

2月16日（金）

「宇宙サロン」の瞑想セミナー。久しぶりにこの世界に浸った。やっぱりいいね。

最近の私は、毎日瞑想をするという姿勢ではないのだけど、やはり瞑想の効果は素晴らしい。

日常に、至福を感じやすくなる。

2月17日（土）

朝日カルチャーセンター主催の講演会。

東京と大阪を合わせると、通算15回目くらいらしい。

今回の衣装は、何年か前のファンクラブのクリスマスパーティーで着たドレスをリメイクしてスカートだけにしたもの。とても気に入っている。むしろ、前のドレスのときよりも私らしい。

トップスはボリュームのある白のブラウス。

今年も温和で癒し系のYさんと音響や照明、全体の流れの確認をして、控室へ。

今日になって、プリンスと夫の予定が変更になり、2人が会場に聞きに来ることになった。満席なので、最前列のカメラ席の近くを空けてもらうなど、朝からバタバタ。

よかった。いつも通り、話せば話すほどエネルギーが満タンになった。

久しぶりにサイン会もする。抽選に当たった人たちのほとんどが「絶対に当たると思っていました」と言っていた。

講演会の夜はいつも幸せ。充実感でアドレナリンがたっぷり。

美味しいシャンパンを開ける。ファンレターやいただいたプレゼントをゆっくり見る。

生花のレイを2本いただいた。……ミモザ、もうひとつの花の名前を忘れた……。素晴らしくいい匂い。これが天然の香りだなんて……。この方は、何年か前に紫陽花（あじさい）のレイを贈ってくださった方で、「ハワイとフラと帆帆子さんが大好きな60代です」だそう。ありがとうございます。

枯れてしまうまでのわずかな時間、どこに飾ろうかと部屋をグルグルして、アロマキャンドルの周りとか、フルーツが盛ってある器の下とか、ガネーシャの首とか、いろいろかけてみた。

2月18日（日）

瞑想セミナー3日目。

瞑想が始まって目をつぶり、「今日はずいぶん長いな。でも時間は収縮するからそう感じるだけなのかも」とか思いながら、かなり長くじっと続けていて、「さすがに長すぎない？」と薄目を開けたら、なんと、パソコンの充電がなくなって画面が真っ暗に落ちていた。慌ててZoomに入り直す。

今日はとても暖かい。春一番のような風。

昨日の講演会のメモを見直していたら、ひとつ、すごく大事なことを伝え忘れたことに気づいた。思いが実現するイメージングのとても大事なコツのところ。早速、それを「宇宙サロン」に投稿する。

2月19日（月）

暖かいって、それだけでいい気分になるね。

梅の香りがしている。

希望を感じる未来の香り。

2月22日（木）

今日は一転、とても寒い。毎日、寒暖差が凄まじい。

ふっくらとしたあったかい格好をして、幼稚園のお楽しみ会へ。創作劇の発表会だ。

『世界遺産といたずら悪魔』という創作劇。

プリンスは鳳凰（ほうおう）の役で、大きく両手で羽をパタパタしながら、結構何度も出てきた。

みんな、いろんなセリフや出番をよく覚えているなあと感心する。これをゼロから作り上げるなんて、いつもながら担任の先生にも頭が下がる。子供たちと一緒にストーリーを考え、役柄やセリフを考え、ここまで仕上げるなんて……。衣装や背景はアートの先生が担当してくれたという。

明日から3連休と思うと、嬉しい。

本当は箱根に行く予定だったのだけど、スケジュールがいっぱいいっぱいすぎるので数日前にキャンセルした。せっかく予約したから行ったほうがいいかな、と思ったけど、

「帆帆ちゃんにゆっくりしてもらいたくて行くのに、行くために苦しくなるならまたにしたら？」と夫が言ってくれたので。

それで心おきなくゆっくり。

2月23日（金）

1日家にいて、たまっていることをゆっくり片付ける。

外はすごく寒そう。箱根も雪が降っている。

夜は、友人の誕生日パーティー。

2月24日（土）

お休みの朝。朝食は近くのカフェへ。

2階はほぼ満席。私たちの左右は外国人。びっくり。ここってこんな感じだったっけ？　住宅街にある小さなカフェがSNSのおかげでいつの間にか有名店。

「どうしてここに来たんですか？」と左の韓国人2人組と、右のアメリカ人家族に話しかけたりして、和やかに朝食。

そこでの会話で、私の中で迷っていたこと2つの答えが出た。どっちにしようかなぁと思っていたことが、その人たちの話を聞いているうちにわかったのだ。もう、本当に、全部、周りの事柄にはサインだらけ、メッセージだらけだ。

朝食後、プリンスは夫と近くの公園に出かけたので、私は心おきなく仕事。

そしてプリンスの部屋の掃除。3月になったらベッドや机が来る。幼稚園で作ったこの大量の絵画や工作、これをどこまで取っておくかだ。

最近、出席したある場での私の所作や発言に、この数日、ものすごく後悔していることがあった。「もっとこうすれば良かった、なんでこう言わなかったんだろう」ということ。時間が戻るならやり直したい、と思うくらいだ。

ところが先ほど、ある人から当日の私の振る舞いを褒める内容の電話があった。

そのとき、わかった。やはり、起こることはベストなのだと。

「あんな伝え方では誤解を招いたに違いない」と私は思っていたけれど、あれで良かったんだ。この人のように、伝わってほしかった人にはきちんと伝わっている。逆に伝わらなかった人には、むしろ伝えなくて良かったんだ、と思える。さらにこの人には、後日、別件で連絡をとらなくてはいけなかったので、それも一度で済んだ。

こういうとき、宇宙とつながっていると思える。知らせてくれたんだよね。

夕食は、焼き鮭、キャベツともやしのお味噌汁、薬味たっぷりの冷奴、そぼろ、ナスとピーマンの煮物というシンプルメニュー。

2月25日（日）

今日もみんなでゆっくり。外は寒い。

朝食はウーバーイーツ。パニーニのお店にしたけど、外れだった。小さすぎる。

お昼はプリンスと夫が作った焼きそば。

「お昼は僕とパパが作るから！」と張り切っていたのに、ジムに出かけようとしているパパを見てプリンスが泣きべそに……。それを見たパパは、「すぐに帰ってくるから」と出かけ、焼きそばの足りない材料を買って本当にすぐに帰ってきた。

そして2人は楽しく焼きそばを作る……フー、焼きそばひとつ作るのも、一苦労よ。


夕方、プリンス発熱、38度もある。

やっぱりね、先週から予兆はあった。

プリンスは早めに寝かせて、私たちの夕食は、またウーバー。

「またウーバーだなんて、だらけているみたいで気が引ける」と言ったら、

「本当は今頃、誕生日旅行の箱根だったんだよ？　ウーバーイーツでいいんじゃな〜

い?」と夫がCM調で言うので、気が楽になる。

だよね～、と王様のような気持ちに。

冷えた白ワインを開ける。

2月26日（月）

先週の終わり頃から、肌に吹き出物ができて、それが治らなくて気が沈んでいたんだけど、治ってきたら元気が出てきた。女の人にとって、肌の調子が良いとか悪いとかいうのはこんなにも気持ちを左右するものかと驚く。私はこれまで肌の悩みが全くなかったのと、美容に興味がなかったので何もしないできた。そこへ、高性能のリッチなクリームをマメに塗るなど、手厚くケアを始めようとしたら逆に肌が反応してしまい、この始末。

やっぱり、余計なことはやるまい。

そもそも、肌に対して手厚くケアすること自体に、ワクワクしていなかった。そろそろちゃんとしなくちゃいけないかな、という理由の方が大きかった。もう、やめた。

2月27日（火）

プリンスの熱は、昨日まで昼間は37度台後半、夜になると39度を超えていたけれど、少しずつ下がってきた。昼間は37度台前半。夜も38度ちょっと。

今日も幼稚園やお稽古は休み。元気だけは、変わらずある。

午前中、小学校の制服が届いて興奮気味になったけど、「寝て！　起き上がらないで！」としつこく言う。

2月28日（水）

朝、プリンスの熱は完全に下がっていた。予想通りだ。

今日は、リッツ・カールトンで「宇宙サロン」のオフ会がある。

今日までに熱が下がってくれないと気がかりなので、よかった。


着替えて、指定の時間にリッツ入り。

久しぶりのリアルイベントなので、うちのスタッフが緊張している。

入っていくときのお客様たちの「ウワー」という静かなどよめきに、私も久しぶりに緊張した。

各テーブル30分ずつ、４つのテーブルをまわる。

どのテーブルでも、はじめにツーショットの写真撮影とサインがあり、残された時間でおしゃべり。どのテーブルも似たようなテーマの話になった。その回に集まる人たちは、同じ種類のエネルギーの人たちなので、よくあることだけど、「そうだった、そうだった」と思い出す。

皆さまの質問に私目線の回答を次々していたら、「帆帆子さんは頭の中が常に綺麗に整理されているんですね」とかいうようなことを言われたので、驚いた。最近、夫に「帆帆ちゃんの頭の中はごっちゃごちゃだね」と言われた気がするから。たしか、いつもなくす同じようなものを探していたときだったと思うけど……。それがここでは「常に整理されている」だって……フフフ。

宇宙サロンに来週投稿する予定の音声の内容が、その場の回答にぴったり、ということもあった。そういうのも、シンクロしているというか、私が思ったことを投稿する形で合っているな、と再確認できた。

エネルギーの交流、気の盛り上がりの2時間。あっという間。

公になると、どうしても数百名単位となるので、こういう少人数の会は宇宙サロンならではとして、今後もする予定。

終わって、皆さまもお帰りになり、話している間は食べなかった私の分のランチをいただく。スタッフが「今日のデザート、ものすごく美味しかったのでぜひ食べてください！」と珍しく言ってくる。デザートって、たいてい可もなく不可もなく、あまり印象に残らないものが出てくるイメージだけど、確かに今日のものは素晴らしく美味しかった。バニラのホイップクリームをイチゴのチョコレートでコーティングしたもの。底にはクッキーが敷いてある。凝りすぎず、誰もが好きな味。

はぁ、いい日だった。充実、この一言。

2月29日（木）

4年に1度の日だね。

今日は幼稚園の参観日。

はじめに「サイエンス」のクラスに参加してから、普段のお教室で3学期の取り組みを聞く。

いつも思うのだけど、この幼稚園のカリキュラムの素晴らしさ、ひとつひとつがどれほど考えられて進められているかに感心する。

今日は、2学期から取り組んでいる「世界遺産」のプロジェクトについての説明を聞いた。

各自、世界遺産をひとつ選び、まずは写真だけから何を読み取れるか、どんなことがわかるか、何を感じたか、などをできるだけたくさんアウトプットする。

例えば金色に輝く仏像の写真について、「昔の偉い人かもしれない」「神様だと思う」「後ろにも小さな神様がたくさんいる」「あそこの模様が綺麗」「ずっと見ていたいと思った」など、正誤はなく、自分の考えを自然とアウトプットできるようにするのが目的。

そこから初めて図鑑で調べ始める。知識を得ることが目的ではなく、そこで何を感じたか、自分はどう思うか。

プリンスの選んだ世界遺産は「軍艦島」……それを選んでいたことすら、知らなかった。プリンスは、幼稚園のことをあまり話さない。

軍艦島が飛び出す縦に見開きの大きなカードを作り、そこに行ったら、その遺産についてどんなことを質問したいか、が書かれている。「昔は石炭を掘る人たちがたくさん住んでいたけど、石炭がなくなって人がいなくなった」とプリンスの字が（ひらがなで）書いてあった。

続けて、その世界遺産をアピールするポスターを3人で作る。

ここからはグループワーク。人の意見と自分の意見をバランスよくまとめて1枚のポスターにして、そこに行ってみたくなるキャッチコピーも考え、みんなに発表するという、これまた様々な要素が詰まっている活動だった。

この世界遺産をテーマに、算数や国語など、様々な分野に横断するのがこの「プロジェクト」のいいところ。

そして、これは3学期の活動のほんの一部であり、報告レポートを見ると、「よくもまぁ、これだけのことを……」と感心する取り組みが他にもたくさんあった。

そうそう、アートのクラスで「名画を模写する」というテーマのときは、プリンス、何を思ったか、東洲斎写楽の「三代目大谷鬼次の江戸兵衛」。あの渋い浮世絵。

またしても、初めて知ったわ。プリンス、幼稚園のことはホントに話さない派。

改めて、ここにしてよかった、と思う。


午後、今後のことを様々に考える。

私は、ここに来てようやく、本当にようやく自分の心地よいスタイルがわかってきた。特に仕事ね。前もそんなようなことを書いた気がするけど、まぁ、人生、これの繰り返しだと思う。

仕事に復帰して以降、様々な話があり、どんどん拡大方向に進んでいるけれど、こういうときこそ自分らしい進め方をしよう、と思う。この「自分らしく」とは、いつまでも慣れ親しんだぬるま湯の中にいたい、ということではない。自分を広げるために、多少居心地の悪いことに挑戦したり、決めたことを毎日コツコツこなしたり、自分の古い考え方を更新したり、というようなことは絶対的に必要。というか、叶えたいことや目標に向かっているとき、それらは自然とやることになるし、苦しく感じずに頑張れていたりする。

ここで言う「自分らしい進め方」というのは、自分ではないものになろうとしたり、自分とは根本的に好みが違うスタイルの真似をしようとしたりしない、ということ。それは結局、自分を苦しめるし、それがもとでうまくいかなくなる。

そして私は、(わかってはいたけど)思っていた以上に大人数が苦手だったことを再確認した。共有できる感性を、少人数で温めているのが好き。その小さなところから外の広い世界に向けて発信する。なので、「宇宙につながるサロン」のように、自分の居心地良い空間から外に向けて発信する作業は好き……オタク的要素があるよね。

人脈とか、コミュニティとかネットワークとか、政治的動きとか、自己PRなどが大の苦手。

YouTubeも今年は世界配信に向けて新しい試みを検討中だし、ジュエリーのブランドも新しい名前で再出発する。ファッション関係でもうひとつ、新しいことが始まるけど、それはまだ少し先かな。

何にしても、自分らしく進めること。これをいつも心の真ん中で意識したい。

この作品は書き下ろしです。

幻冬舎文庫

●好評既刊
毎日、ふと思う　帆帆子の日記
浅見帆帆子

何気ない毎日も、自分の気持ち次第で楽しくなる。ふと思いついたことも、ワクワクする出来事の前ぶれ。淡々とした日常をそのまま文字にした、読むと元気が出てくる帆帆子の日記、第一弾！

●好評既刊
毎日、ふと思う　帆帆子の日記②
浅見帆帆子

気持ちがのらないときは、焦らずがんばらず、部屋の掃除でもしてみよう。あなたのやる気ひとつで、世界はどんどん広がっていく。読みかえすたびに疲れた心に響く、大好評・帆帆子の日記！

●好評既刊
毎日、ふと思う　帆帆子の日記③
浅見帆帆子

起こることは、すべてがベスト。良いことも悪いことも心の中で整理して、すっきりした気分にしておこう。明日にむかって新しいことがやりたくなる、ますますパワーアップ帆帆子の日記。

●好評既刊
まず、自分を整える
毎日、ふと思う　帆帆子の日記21
浅見帆帆子

自分を見つめる時間をとると、ものごとの流れが良くなる。アイディアが閃くし、クリエイティブになって充実を感じる。自分を整えて心を満タンにするための、読めば元気がでる日記エッセイ。

●好評既刊
あなたは絶対！　運がいい
浅見帆帆子

心の持ち方一つで、思い通りに人生は変えられる。運は自分でつくれるもの、夢をかなえるには仕組みとコツがある。プラスのパワーをたくさんためて悩みを解決し、あなたに幸せを呼び込む本。

さぁ、新しいステージへ！

毎日、ふと思う　帆帆子の日記22

浅見帆帆子

令和6年7月15日　初版発行

発行人――石原正康
編集人――高部真人
発行所――株式会社幻冬舎
〒151-0051東京都渋谷区千駄ヶ谷4-9-7
電話　03(5411)6222(営業)
　　　03(5411)6211(編集)
公式HP　https://www.gentosha.co.jp/
印刷・製本―TOPPANクロレ株式会社
装丁者――高橋雅之

幻冬舎文庫

ISBN978-4-344-43393-9　C0195　あ-26-8

この本に関するご意見・ご感想は、下記アンケートフォームからお寄せください。
https://www.gentosha.co.jp/e/